地獄谷温泉 無明ノ宿

タニノクロウ

白水社

目次

地獄谷温泉　無明ノ宿

登場人物

倉田百福（八十二歳）
倉田一郎（五十五歳）
松尾（三十五歳）
滝子（八十一歳）
文枝（五十三歳）
いく（三十八歳）
三助（四十七歳）

老婆の声

舞台装置

古い湯治宿。
舞台は全部で四面、それが一つの回転舞台の上に乗っている。

一面目　玄関・便所
二面目　客間（一階は男部屋、二階は女部屋）
三面目　脱衣場
四面目　湯殿（露天岩風呂）

この四面の真ん中は中庭となっている。
中庭には柿の木が立っている。

わたしの故郷である富山県に。
宇奈月温泉と八尾の町に。
北陸新幹線の開業により消失した多くの生命に。
その戦いに。

老婆の声（以下「声」と表記）「日本全国に「地獄谷《じごくだに》」と名の付く場所があります。その多くは豊かな地熱から湧く温泉が名前の由来です。ここは北陸にある「地獄谷」と呼ばれる温泉地、その湯量豊富な温泉に加えて、二百年ほど前に噴火した火山が作った切り立つ閃緑岩《せんりょくがん》の岩壁が、地獄の風景と似ているとされ名付けられた場所です。さて……」

柱時計の時報音とともに明転する。

針は二時を指している。

声「ここは、その温泉地の中心から二里《にり》ほど山深く入った場所にある名も無い名の無い湯治宿《とうじやど》。その親子はこの宿に、ある仕事を依頼され、東京からやってきました。秋が冬支度を早め、氷点をすこしばかり下った寒い日でした。到着したのは午後、二時を三分回ったとき……」

一場　玄関（午後二時、晴れ）

この湯治宿の玄関口から玄関ホール。

貫禄ある佇《たたず》まいの古い木造建築。豪雪地帯の厳しい季節を潜り抜けてきた戦痕《いくさあと》がよく見て取れる。剝《は》がれ落ちた漆喰《しっくい》の壁、大胆に割れ目の入った床板。高い天井を支えている一本の太い親柱。

玄関から上がったところに木製の長椅子とスタンド灰皿、達磨《だるま》ストーブが置いてあり簡単な休憩スペースが設けられている。

簡素な帳場《ちょうば》があるがそこには誰も立っていない。

唯一、天井から吊り下げられている千羽鶴だけが、空間に色味を持たせている。

玄関の戸が薄いガラス板を震わせながら開く。

同時に野鳥たちの声が勢い良く流れ込んでくる。

男「ごめんください。」

一人の男が立っている。
黒いニットキャップに光沢のあるダウンジャケット、手には小さな風呂敷を持ち、もう片方の手でステンレス製のキャリーケースを引いている。
肩に三尺ほどの長細い牛革製の楽器用ハードケースを斜めに掛けている。

男「ごめんください。」

どこからも応答はない。
一歩玄関内に入る。

男「ごめんください。」

男は玄関から一度外に出て、

男「寒いので、中に入って、休みましょう。」

老人が姿をあらわす。

背丈は三尺ほど、小人症の老人である。
この老人もまた黒いニットキャップを被り、ツヤのいい革の外套《がいとう》を着ている。
腰元まで白髪が伸びていて、一見男性か女性か見分けがつかない。
人形師・倉田百福《くらたももふく》とその息子の一郎《いちろう》である。
百福は長い山道を歩いてきて、少し息が乱れている。
口先を窄《すぼ》めて、息を整えている。
バス停から続く長い山道を歩いてきた。
一郎はもう一度奥に向かって、

一郎「ごめんください。」

やはり応答はない。

一郎「あがりましょう。あそこ、椅子に。」
百福「あぁ、そうね。」

一郎は玄関の戸を閉める。
野鳥の声は小さくなり、柱時計の振り子の音が際立ってくる。

二人は靴を脱いだが、長居するつもりはなく靴棚には入れない。
百福は長椅子に腰掛け、丁寧に膝を摩《さす》る。
一郎は無人の帳場のほうに歩みを進め、あたりを見て回る。
帳場の横に便所があり、軽くノックをしてから中を確かめる。

一郎「誰もいないようですね。待ちましょう。」
百福「うん、いいよ。」
一郎「便所ここにあります。」
百福「ここなんていうところなんだ?」
一郎「届いた手紙には、書いてありませんでした。」
百福「あぁ、そう。」
一郎「看板も無いですね。こういう古い宿だと、たまに。」
百福「そうね。」

一郎は風呂敷の中から水筒を出し、父にお茶を出す。

百福「あぁ、ありがとう。」

熱い日本茶を啜《すす》る。

百福「うむ。」

一郎はタッパーの蓋を開け、差し出す。

一郎「きな粉の団子です。」

百福「なにこれ？」

この寒さでは糖分は必要だが、まだ口に入れるには早いとばかりに百福はそれには手を付けず、茶だけを続けて飲む。

柱時計の振り子の音がよく聞こえる。

一郎が団子を風呂敷に戻し、立ち上がろうとしたとき、

百福「いいよ、もう、声は。」

一郎「はい。」

百福「手紙、間違いはないのか？」

一郎「はい。もう一度、読んでみます。」

一郎は百福のそばに膝つき、封筒から紙を抜き、早口に読み上げる。

依頼状
拝啓、紅葉が風に薫る季節となりました。百福先生におかれましては、穏やかにお過ごしのこととお慶び申し上げます。さて、突然のお願いで、誠に恐縮ですが、この度……（少し読み飛ばす）……念願でありました先生の人形芝居を、最後に、この宿に見せていただけませんでしょうか？　地図を同封させていただきました。何卒ご承引くださいますよう、よろしくお願い申し上げます。
平成二十五年十月吉日

奥からゆっくりと階段を降りてくる音が聞こえて来る。

一郎「誰か来ますね。」
百福「あ、そう。」
一郎「でも、お客のようです。」

百福は少し温《ぬる》くなったお茶を飲み干す。

すぐさま一郎はコップにお茶を足す。

玉暖簾《たまのれん》をくぐって、頭巾《ずきん》をかぶった老婆があらわれる。

声「滝子《たきこ》というこの村の住人です。馴染《なじ》みの者からは「お滝さん」と呼ばれています。彼女の住む集落はこの湯治宿から一里ほど離れたところにあります。八十を超えても煙草は止められず、十年前に夫を亡くしてから一層量が増えました。子供の頃からよく来ているこの湯治宿、今は秋口から冬が訪れる直前までの間だけ毎年泊まりに来ています。湯が胸の痛みを少し和らげるのです。」

お滝は浴衣《ゆかた》の上に厚手の羽織を着て、手には風呂敷を持っている。風呂敷からは小さな鎌が飛び出している。近くに山菜を取りに行くところだ。

お滝は二人を見るなり驚き、立ち止まる。

一郎はまだお茶を注いでいる。

お滝はすぐさま警戒するような顔つきになる。

お茶を注ぎ終わり、

一郎「こんにちは。」
お滝「……こんにちは。」
一郎「倉田と言います。」
お滝「……はあ。」
一郎「我々は東京から呼ばれて、参りました。今晩、ここで余興《よきょう》をやることになっているのですが。」
お滝「ええ……」
一郎「宿の方はご不在ですかね？」
お滝「え？　なに？　余興？」
一郎「ええ。宿の方を探しているのですが。」
お滝「知らんちゃ。（滝子は富山弁を話す）」
一郎「そうですか、わかりました。」
お滝「ここちゃ、誰もおらんちゃ。」
一郎「え？　どなたもいらっしゃらない？」
お滝「なぁん。ここ、宿の人ちゃおらんちゃ。」
一郎「家主《やぬし》さんは？」
お滝「家主？　おらんって、家主なて（なんて）、そんな人ちゃおらんて。」
一郎「そうですか。この近くの方ですか？」

お滝「は？　何？　わしけ？　なぁん、ちかない（近くない）。」
一郎「ここにはよく来られるのですか？」
お滝「そやね。」
一郎「そうですか。」
お滝「……あんたら病気け？」
一郎「え？」
お滝「病気治しに来たんけ？　せやろ（そうだろ）？」
一郎「我々は余興をしに来ただけです。この宿の方に頼まれて。」
お滝「だから宿のもん（もの）ちゃおらんて、なんべんもなんべんも言わせて、嘘つかれまよ、あんたら病気やわ。」

百福は立ち上がり、

百福「誰もいないんだって。」

お滝は百福の小ささに驚愕し、息を飲む。

一郎「あ、はい。」

百福「便所行ってくる。」

百福が便所に入ると、お滝はようやく呼吸を戻し、

お滝「な、何もんけ、あんたたち?」

一郎はポケットから、煙草を取り出し、火をつける。
長く吸い込み、煙をゆっくりと吐き出す。

一郎「まぁ、とにかく、わかりました。」
お滝「こ……ここちゃ、余興やるようなとこじゃないちゃよ。旅で来るもんもおらんし。村以外で知っとるもんもおらんやろて。ずっと西下ったとこ(ろ)の、山王はん(山王神社)のほうにしなーっとした温泉の町あっけど(あるけど)、そこなら、宴会やるような宿あっちゃ。そこと間違えとんがないけ?」
一郎「わかりました。」

百福の放尿の音が聞こえてくる。明らかに男性の音質である。

お滝　「……ねぇ、ちょ（ちょっと）、ちょいよ。」
一郎　「はい。」
お滝　「あの人ちゃ、なにけ？」
一郎　「父ですが。」
お滝　「え？」
一郎　「私の父です。」
お滝　「は？　えぇ？　お……おっとさん？」
一郎　「はい。」
お滝　「さ、本当け？」
一郎　「ええ。」
お滝　「あんたの？」
一郎　「はい。」
お滝　「……えぇ……嘘やろ……」

百福が便所から出てくる。

お滝　「ナマンダブ（南無阿弥陀仏）な。ナマンダブな。ナマンダブなナマンダブな……ナマンダブ、ナマンダブ。」

まだにわかに信じられない様子。
百福は宿の草履《ぞうり》を履《は》き、外に出る。
一郎が後を追おうとすると、制して、

百福「いい、ちょっと外見てくる。」

お滝はまだ熱心に念仏を唱えている。
百福は散歩に出る。

お滝「はぁ……」

お滝は少し落ち着きを取り戻して、

お滝「ほんで、なにけ？　その余興ちゃ？」
一郎「人形芝居です。」
お滝「にんぎょうしばい？　にんぎょうしばい……わからん、なにけそれ？」
一郎「そうですねぇ、人形を動かして、お芝居をするというものですかね。簡単に言うと。」

お滝　「よう、わからん。見たことないわ。それよか、あんたのおっとさん、もう年やろ、よぉ生きとられんねか（長生きしているね）、いくつけ？　八十超えとるやろ？」

一郎　「ええ。」

お滝　「せやろ、わしと一緒やわ、かわいさげに（かわいそうに）こんなとこ連れてこられて。」

一郎　「えぇ、まぁ、仕事ですから。」

お滝　「もうバスないやろ？」

一郎　「そうですか、もう一度調べてみます。」

お滝　「なぁん、もう泊まってかれま、そこ入った一階空《あ》いとるわ。」

一郎　「えぇ、バスが終わっていたら、そうするしかありません。」

お滝　「なぁん、終わっとるわ。いっちゃいっちゃ（良いよ良いよ）。松尾さんゆう、目見えん兄ちゃんおるわ。病気持ちばっかやわ。」

一郎　「相部屋《あいべや》なんですね？」

お滝　「なぁん、他おらんから狭ないちゃ。」

風が玄関のガラス戸を震わせる。

お滝は玄関外を見て、

お滝「おっとさん、帰ってこんぜ?」
一郎「えぇ。」
お滝「あんた名前ちゃ何やったっけ? わし聞いたっけ?」
一郎「倉田一郎と申します。」
お滝「一郎さん。おっとさんはなんちゅうがけ(何て言うの)?」
一郎「百福です。倉田百福。」
お滝「ももふく? さ、何け、変わった名前やねぇ。どんな字書くがけ?」
一郎「漢数字の百に、幸福の福です。」
お滝「あらぁ、おんもしろい名前やねぇ。わしは滝子です。ありがとう。ほんで、あんたら少し休んだら、お湯にこられませな(来てくださいませ)。」
一郎「バスが終わっていたら。」
お滝「まぁ、荷物下ろしてこられ、そこ置いとかれても邪魔やわ。わし煙草吸えんねかよ。」
一郎「そうですか。」
お滝「あったかなって(暖かくなって)。」

一郎は礼をする。

お滝　「はいどうも。」

一郎は玉暖簾をくぐり、客間へ行く。
一人残されたお滝、浴衣の袂《たもと》から煙草を取り出すが、不意に湯上りの火照《ほて》った体に冷気が入り込んだ気がして体を震わす。
煙草を吸うのを止める。

声　「あの二人の無心の佇まいがそうさせたのか。この寒さが人の温もりをもとめたのか。あの一郎という男の夜光虫《やこうちゅう》のような目がそうさせたのか。滝子はこの時、亡き夫のことを想っていました。この歳に至っては、意外なことでした。」

お滝は山菜採りを止めて客間へ戻る。
お滝の階段を上る足音が聞こえる。
玄関の親柱も低く音を立てる。

声　「宿はその古びた軀体《くたい》を震わせた。この名も無い宿もまた、この二人の来客にこころ揺らしているようでした。」

暗転

声　「地獄谷温泉「無明ノ宿《むみょうのやど》」。本日はご来場ありがとうございます。どうぞ、ごゆっくり、最後まで、ひとつ、お澄ましくださいませ。」

二場　客間

客間は二階建てで、一階（男部屋）二階（女部屋）ともに数人が同時に寝られる簡素な畳敷きの広間で、同じ構造である。

それぞれの部屋に小さなコタツが一つずつ、その上に、ポットと湯のみ茶碗、茶筒が置いてある。

二階には鏡台と衣紋掛《えもんかけ》があり、着物が二重《ふたえ》掛かっている。

その横に桐立箱《きりたてばこ》に入った三味線《しゃみせん》が二丁《にちょう》置かれている。

窓から見える中庭には、大きな柿の木が立っていて、紅葉の時期を過ぎた葉と、今にも落っこちそうな完熟の実がなっている。厳しい冬の寒さを耐える硬性な樹皮が都会のものとは違って逞《たくま》しく感じられる。

温泉に入るにはこの中庭を通って脱衣場《だついじょう》に行く構造になっている。

一郎が襖《ふすま》を開けて一階の客間に入ってくる。

荷物を下ろしていると、百福が散歩から戻ってくる。
百福はキャリーケースを指差して、

百福「休ませてあげなさい。」
一郎「ええ、いますぐ。」

百福は窓際に座り、景色を眺める。
一郎は荷物の紐《ひも》を解き、広げる。
一郎は一旦《いったん》手を止め、押入れから数枚の座布団を取り出し、埃を払ってから、それらを重ねて百福のそばの床に置く。

一郎「どうぞ、寒くないですか？」
百福「ん？　うん。」

一郎はまたお茶を用意し、先ほどのきな粉団子と一緒に百福に出す。

百福「ありがとう。」

今度はひとつ団子を口に入れる。糖分で熱を起こす必要がある。

百福「で、バスないのか?」
一郎「まだ分かっていません。すみません。これ済ませたら、調べて来ます。」
百福「おぉ。」

一郎は茶を注ぎ足す。
百福は部屋を見渡しながら、少し惚《ほう》けた雰囲気を漂わせ、

百福「おい。あの時の、あの、逃げたさきの家どこだった?」
一郎「えぇ。」
百福「ほれ、あそこもこんな風な。」
一郎「そうだったのですね。」
百福「あぁ、なんていう名前だったっけなぁ。」

百福は旅先で同じことをよく語る。
一郎は決まって同じように返答する。

一郎　「雄山《おやま》、ですか?」
百福　「いや、違うな。お、大泉、違うなぁ。」
一郎　「そうですか。」
百福　「良いところじゃないか。ここ。」
一郎　「はい。」
百福　「山がきれい。」
一郎　「バス停で時間見てきます。」
百福　「よろしく。」

一郎は部屋を出ていく。

百福はお茶と団子を交互に楽しむ。

少し日が傾き、気温も下がる。遠くから猟銃の音が聞こえ、森が急な寒暖差に耐える声をあげる。


脱衣場の戸が開かれて、中庭にメガネをかけた男があらわれる。

厚手のスウェットを着ているが、それでもこの男がいかに痩《や》せているかが分かる。髪の毛は剃毛《ていもう》処理されてあるが、剃《そ》りきれず部分的に残っているところがある。

男は慎重な足取りで歩いている。

声　「この男が松尾《まつお》さん。滝子と同じくここから一里離れた村の住人です。事故で眼を悪くして、職を失ってからこの湯治宿に頻繁に滞在するようになりました。村唯一の小さな診療所では手に負えなかったのです。絶望のなか、それでも僅《わず》かにものの輪郭を感じるまで回復したのは、この湯治場のおかげだと信じています。彼にとってここは、光を取り戻す最後の望みなのです。」

松尾は中庭を通って客間に入ってくる。
湯から上がったばかりで、手ぬぐいを肩に掛けている。
畳の上に腰を下ろし、本を読み出す。
百福が長いあくびをする。
ようやく松尾は百福に気づいて、

松尾　「ああ、これは……」
百福　「こんにちは。」
松尾　「……き、気づきませんで……」

百福「ええ。」
松尾「目が悪いものですから。」
百福「ええ。」
松尾「旅の方で？」
百福「え？　まぁそうね。」
松尾「こんなところに、珍しい。どちらからおいでで？」
百福「東京から。」
松尾「そうでしたか、それはお疲れでしょう。お一人ながですか？」
百福「息子とね。」
松尾「あぁ、お子さんと、それはいい。」
百福「んん。」
松尾「お身体《からだ》のことで？」
百福「え？　お身体？」
松尾「あぁ、いや温泉やったら下にありますから、わざわざここまで来られたんちゃ、その、ご病気か何かで？」
百福「いや。」
松尾「え？　通りかかったがですか？」
百福「まぁそんなところかね。」

松尾　「あらぁ、そうですか。ようこんなところ見つけられましたねぇ。」
百福は煙草を取り出し一服する。
窓を少しだけ開けて煙を外に吐き出す。

松尾　「喉ちゃ大切ですねぇ。」
百福　「え？　喉はまぁ……」
松尾　「あぁ、煙草ちゃいけませんねぇ。」
百福　「そうね。」
松尾　「ええ、ここちゃ空気もいいですからね。ゆっくりなさって。じきに良くなりますよ。」

百福は煙草が不味《まず》くなったのか、数口だけ吸い、灰皿に揉《も》み消す。
松尾は本の続きを読む。

松尾　「可笑《おか》しいでしょう。」
百福　「何が？」
松尾　「目見えんがに本を読んどんがちゃ。」

しばらく答えを待つが、百福は興味を示さず、何も答えない。

松尾「前ちゃ点字読んどったがですけどね。せっかく目見えんがにわざわざ本を読むこともないわぁ思いましてね。」
百福「そう。」
松尾「これちゃねぇ、（と得意げに百福に見せて）押し花ながですよ。ここいらの山で集めましてね、それこうやって。」
百福「へぇ。」
松尾「盲人になったら心眼《しんがん》が開く言いますでしょ、でも簡単なことでちゃないみたいで。」
百福「ふぅん。」
松尾「こうして生命に触れとると何かそのきっかけをつかめるような気がすんがですよ。それで。」
百福「へぇ、心眼ですか。」
松尾「まぁそう期待しとるだけです。でも……」
百福「それでなにを見るの？」
松尾「それで？」

百福「だから心眼でしょ、それで何が見えるの？」
松尾「それは……こころ、でしょうか……」
百福「あ、そう。それ見てどうするの？」
松尾「……どうもしません。見てみたいだけです。」
百福「あ、そう。」

松尾は居直して、

松尾「申し遅れました。松尾と申します。失礼ながですけど、お名前ちゃ？」
百福「倉田です。」
松尾「倉田さん、ありがとうございます。」
百福「どういたしまして、松尾さん。」

間。

百福「触ってみますか？」
松尾「ん？」

松尾は何のことか理解できず、百福の言葉を反芻《はんすう》させている。
その意味を求めて首から脳天がよく動く。

一郎が戻ってくる。
松尾は咄嗟《とっさ》に身を守る姿勢をとり、慌《あわ》てた様子で周りを警戒する。
一郎は父に、宿のものは誰もいなかったこと、今日のバスはもう終わったことを伝える。

百福「そう。わかった。じゃあやっぱり帰れないの？」
一郎「そうですね。明日の朝六時半が次です。」
百福「そう、それでいいんじゃない。」
一郎「すいません。」
百福「箱ちょうだい。」

一郎はキャリーケースを取るのに踵《きびす》を返したとき松尾に気づく。

一郎「あぁ、これは失礼いたしました。」
松尾「……（自分に向けられていると思っていない）……」

一郎　「これは、失礼いたしました。」
松尾　「あ、わたし、あぁ、はい……」

一郎は百福にキャリーケースを渡す。
百福はそれを開けて中のものを確認する（詳細は見えない）。

一郎　「松尾さんですね。我々は東京から来まして。」
松尾　「あぁ、えぇ、先ほどお父様から。」
一郎　「そうでしたか。」
松尾　「いや、驚きました。」
一郎　「どうかしましたか？」
松尾　「いいえわたし目が弱いものですからね。」
一郎　「それは（と頭を下げる）。」
松尾　「なぁん、なぁん。そうでちゃなくて、その……人の気配ちゃ分かるものですが……」
百福　「人の気配じゃなかったってこと？」
松尾　「（狼狽《うろた》えて）いえいえ。そういうことでちゃ、その、小さい子供ながかと、さっきお子さん言うとらしたでしょう。」

一郎　「あぁ。」

松尾は二人にお茶を出そうと茶筒と茶碗を探す。
しかし、手馴れていたはずがこの時はうまく見つからない。

一郎　「お茶、結構です。」
松尾　「あ、あぁ、そうですか……。相部屋ながですが、どうぞ宜しくお願い致します。」
一郎　「いいえ、我々のほうこそお邪魔しまして。明日早朝に出ますので。」
松尾　「そんな、折角いらしたがに、ゆっくりなさって。」
一郎　「えぇ、そうしたいところですが、実は我々肩透かしを食いましてね。」
松尾　「と言いますと?」
一郎　「この宿から連絡をいただいて、余興をやってくれと。」
松尾　「余興?」
一郎　「えぇ、我々人形芝居をやるものでして、宴会なんかで。」
松尾　「あぁ、そうでしたか。おかしいと思っとったがですよ。いくら病気いうても、こんなところ普通誰も来られんから。あぁそうでしたか。」
一郎　「えぇ。」
松尾　「てっきりお父様の養生《ようじょう》かなんかでいらしたのだと。失礼しました。しかし、人形芝居ですか。めずらしいがですねぇ。でもおかしいですね。ここちゃ見ての通り、ただの湯治宿でして、宴会なんかちゃ……えぇ。どなたから連絡もらったがですか？」

一郎「それが、依頼の手紙が来まして、名前が無いのでわからないのですが……これです。」

一郎は手紙を差し出すが、当然ながら松尾は見ることができない。

松尾「……いや……ははは……」

一郎「あぁ、すいません。」

松尾「いいんですよ。しかし変ですね。ここちゃ宿主《やどぬし》ちゃおらんがですよ。」

一郎「えぇ、先ほど女の方に。」

松尾「あぁ、お滝さん。滝子さん、お婆ちゃんの。」

一郎「玄関に帳場がありましたね。」

松尾「えぇ、昔ちゃ家主さんおられたんやわ。この辺の村にもたくさん人おって、よく流行《はや》っとったみたいですちゃ。もう人おらんようなって、家主死んでからちゃ、自由に解放して、利用者各々で気付けて使っとるといったところですかね。まぁ利用者ゆうても馴染みのもんしかおらんけど。」

一郎「そうでしたか。」
松尾「本に載るような所でちゃありませんからね。」
一郎「えぇ。」
松尾「あぁ、三助《さんすけ》さんが知っとるかもしれんなぁ。」
一郎「三助さん？」
松尾「えぇ、流しの、珍しいがですよ。一人おられてねぇ。でも、彼も宿のもんでちゃなくて、ですね。私も詳しく分からんがですが、お滝さんの次に古いから。」
一郎「そうですか。」
松尾「後で聞いてみましょう。」
一郎「はい。」
松尾「お急ぎながですか？」
一郎「いいえ。」
松尾「他に何かお困りのことちゃありますか？」
一郎「えぇ。」

百福はすでにキャリーケースを閉じて、座布団の上で寝ている。
一郎は父親を案じて、

一郎　「炊事場《すいじば》は？」
松尾　「炊事場？　そうでした、そうでした。困りましたね。ここ無いがですよ。」
一郎　「いえ、明日の朝までなので、おそらく必要ありませんが、一応。」
松尾　「そうですねぇ。ここで長く泊まる人ちゃ私以外おられませんからね。私ちゃ、ほとんど食べませんがで。」
一郎　「ええ。」
松尾　「三、四日に一度。山行って山菜取って、温泉で茹《ゆ》でて、それだけでおいしいものですよ。」
一郎　「へぇ、温泉で、山菜を？」
松尾　「ここ長く滞在しとるがちゃ、私とその三助さんくらいで、雨の日なんか足元悪いと彼が採ってきてくれましてね。」
一郎　「それは厳しい生活ですね。私には耐えられそうにないな。」
松尾　「都会でちゃ何でも食べられがでしょう（食べることができるのでしょう）？」
一郎　「あぁ、えぇ。」
松尾　「金あったらいっぺん（一度）行ってみたいもんやなぁ。」
一郎　「えぇ。」
松尾　「ずっと東京ながですか？　生まれたがも。」

百福は寝ている。

一郎「えぇ。そうです。」
松尾「……あ、そうですか。」

脱衣場の戸が開き、三助があらわれる。

三助はこの寒いなか、素肌に布製の腹巻、半股引《はんだこ》という姿で、頭に手ぬぐいを巻いている。松尾と対照的に身体は大きく、肌は深黒い、でっぷりとした腹でヒグマのような印象である。右肩に薬師如来、左肩に観音菩薩の刺青《いれずみ》があり、ベゼルにダイヤがあしらわれた金の腕時計をしている。

手にはタオルが二つ、それを外に干しに出たところだった。

松尾はその物音に反応して、

松尾「あぁ、ほら三助さんでしょう。」
一郎「白い股引《ももひき》の。」
松尾「ちょっとお待ちを。手紙お借りできますか？」

一郎は無言で松尾に手紙を手渡す。

松尾「（驚いて）おぉっ……」
一郎「お願い致します。」
松尾「なら、行ってきます。」

松尾は客間から出て、中庭に行き三助と話す。
一郎は部屋の中で立ったまま二人を待つ。

声「三助とは、漢数字の三に助けるという字を書きます。銭湯《せんとう》や湯治場で湯の管理や番頭仕事、垢《あか》すり、髪すきなどの「流し」を行う人のことを言います。職業としては古く、江戸時代ではなかなかの高給取りでした。最近は需要が減って雇う湯屋《ゆや》も少なくなりました。ここの三助は無口で働き者、でも無口が過ぎて、誰も声を聞いた事がありません。だから皆は名前を知らず「三助さん」と呼んでいるのです。」

松尾は三助と話し終わり、部屋に戻ってくる。

松尾「なぁん、分からんがみたいやわぁ。これ、お返ししますね。」

松尾は手紙を返す。

一郎「ありがとうございました。」

三助が部屋に入ってくる。

松尾「三助さんです。」
一郎「今晩泊めていただくことになりました、倉田と言います。お世話になります。」

三助は寝ている百福を見て、寝具を準備し出す。

一郎「あぁ、大丈夫です。」

三助は構わず行動する。

二階でお滝が起きる。

お滝は横になっていただけで寝入ってはいなかった。
窓辺に腰掛け、物思いにふける。
階下の親子のことが気になっている。

一郎「お伝えしていただいたみたいで、大変助かります。」
松尾「お力になれず。」
一郎「そんな、ええ、ありがとうございました。」
松尾「無口な方でして、まあ無口ちゅうか……（声を潜めて）口がきけんで、ははは。」
一郎「いえ、それは。」

三助は百福を持ち上げ、丁寧に布団に寝かせる。
三助の鼻息が荒い。額にもじんわりと汗がにじんでいる。

一郎「あっ、私が……」

しかし三助は手を止めることをしない。
一郎は三助から目を離さず。

松尾「何かありましたか？」
一郎「……いいえ……」
松尾「あら、お父様、寝られたがですか？　あぁ、寝とられとったがか。」

一郎は三助をじっと見たまま、松尾の質問には答えない。
三助は百福を寝かせ、一郎の分の布団を用意しようとする。

一郎「私は、自分で。」

三助は手を止め部屋を出る。

松尾「何か変なことでも？」
一郎「いいえ。」

松尾の首から脳天がよく動き出す。
一郎はようやくニットキャップとダウンジャケットを脱ぐ。
それを丁寧に折りたたみ、床に置く。
松尾はジッパーを下げる音に反応して、

松尾　「窓を開けていただいても構いませんよ。」
一郎　「いえ、暑くは。」
松尾　「寒いがですか?」
一郎　「いや、寒くも無いです。」

　一郎はポケットから煙草とライターを取り出し、折りたたんだダウンジャケットの上に置く。
　松尾はその音を聞いて、

松尾　「あぁ、煙草やったら、気になさらんで。確かこの辺りに灰皿が……」
一郎　「はい。」

　一郎は畳の上に座る。
　しばらくして立ち上がると、すかさず松尾は、

松尾　「座布団でしたら……」
一郎　「お手洗いです。」

松尾「帳場の奥、突き当り左です。」
一郎「ありがとうございます。」

一郎は部屋を出ていく。

百福の寝息がよく聞こえる。
松尾はぐっすり寝ている百福の近くに寄る。
熟睡していることを認識して、布団越しに身体に触れてみる。
異様に身体の小さな人間であることが分かる。
脱衣場から女たちの声が聞こえて驚き、慌てて手を引っ込めコタツに戻る。
その拍子に湯飲み茶碗を倒してしまう。
松尾は強く動揺している。

脱衣場から浴衣姿の女が二人あらわれる。
化粧のない肌が、熱に働かされ桜色に染まっている。

声「この湯治宿から東に二里下ったところに鄙《ひな》びた温泉街があります。この二人、文枝《ふみえ》といくはその温泉街の芸妓《げいこ》さんです。」

文枝も富山弁を話す。お客さんの手前標準語に努めてはいるが、ところどころ発音が違う。いくは年齢が若いため方言は薄い。

二人は階段を登り、襖を開けて二階の部屋へ入る。

いく「（寝ているお滝に気づいて）うわっ、びっくりした。」
文枝「え？　あら、お滝さん？　山菜取りに行ったんじゃないの？」
お滝「あぁ、止《や》めたわ。」
文枝「あら。」

一階では松尾が百福と一郎の荷物を調べだす。
その手が震えて仕方がない。

お滝「ふみ、ふみ、ふみよ。」
文枝「ん？」
お滝「変な親子おったやろ、下に。」
文枝「親子？　会ってないわ。お客さんで？　珍しいわね。こんなところに。」

お滝　「親子ゆうても、私とあんたくらいの親子やぜ、東京から来たがんやと。」
いく　「えぇ？　東京から？」
文枝　「東京？」
お滝　「余興しに来たがやと、人形芝居やって。」
文枝　「人形芝居？　あら、どちらの宿で？　いく、知ってる？」
いく　「知らないです。」
お滝　「どこにって、ここによ。」
いく　「え？」
文枝　「ここに？」
お滝　「そうなんよ。あのひとら、そう言うとったわ。わしもびっくりして。」

文枝といくは顔を見合わせて笑う。

文枝　「何言ってんのよ。お茶飲む？」
いく　「何言ってるんですか。」
お滝　「なにけ、あんたら、わし呆《ぼ》けたおもとんやないけ、本当やちゃ。」
文枝　「だって、ここ、宴会やるようなところじゃないわ。（いくにお茶をすすめ）
あんたは？」

いく「あ、すいません。いただきまぁす。」
お滝「なら下行って聞いてみられまよ。」

本気の口調に押されて、文枝といくはまた顔を見合う。
茶を入れる手を止めて、

文枝「本当？」
いく「うそぉ。」
文枝「誰かに頼まれたってこと？」
いく「えぇ？　そんなこと。」
お滝「そうや、手紙持っとったぜ。」
文枝「え？」
お滝「そや、地図も持っとった。」
いく「何の？　ここの？」
お滝「そや。」
文枝「嘘でしょ。」
お滝「本当やって！」
文枝「なんか怖いわ……」

いく　「ねぇ……。（しばらく考えて）あっ、三助さん？」
文枝　「まさか、そんな訳ないでしょ。しゃべれないんだから。」
いく　「そっか。字も書けないし。」
文枝　「そうよ。間違い、間違い、きっと何かの間違いよ。夜はどっかでお座敷に穴が空いているわ。」

お滝は急に声を沈ませて、

お滝　「ほいで、ほいで、そのおっとさんのほうがね……あのくらいなんよ。」
いく　「え？」

三味線を指差して、

お滝　「三味線よぉ、あのくらいなんよ。」
いく　「なにがですか？」
お滝　「背がよ。」
文枝　「え？」
いく　「は？　身長が？　小さいの？」

お滝「せや。」
文枝「……それはだから……まぁ……そういう方もいるわ。」
いく「は？」
お滝「おらんやろ、わし見たことないぜぇ。」
文枝「あるんじゃない。そういう……生まれつきの。」

一郎がトイレットペーパーを巻き取る音が聞こえる。
松尾は物色する手を一旦止めるが、また続ける。
一郎のダウンジャケットを発見し、袖を通してみる。

お滝「ほんで、その息子っちゅうがかね。」
文枝「なに、まだあるの？」
いく「小さいの？」
お滝「なぁん、背は普通。普通なんやけど……その子見とると、胸んとこなんか
サワサワっとすんがやちゃ。」
文枝「なに……なによ、サワサワって。」
お滝「……なぁん、いいわ、いいわ。」
文枝「なによ。」

お滝　「なぁん、寝るわ、寝るわ。」

お滝は布団を深くかぶる。

いく　「なに？　ざわざわするってこと？」

トイレの洗浄音が微かに聞こえる。
松尾は風呂敷の中の何かに触れる。

松尾　「ん？　オムツ？」

混乱で首から脳天がよく動く。

文枝　「はい、もういいわ。お滝さん、私たち稽古させてもらいますわよ。」
お滝　「……」
いく　「いいかしら下のひと。」
文枝　「いいわよ。ねぇ？」
お滝　「知らんちゃよ。あんたら聞いてこられまよ。」

文枝「いいわ。そういうところなの、ここは。」
いく「ねえさん、頼もしいわ。」
お滝「わしのせいにせんといてや。」
文枝「しないわよ。はい、いくちゃん。」
いく「はい。」

文枝といくは三味線を持ち、調弦をする。

声「母と娘ほど離れている文枝といく。子供のいない文枝はいくを娘のように可愛がり、いくもまた文枝の短い節太の指に、離れて暮らす母を思わずにはいられないのです。」

滝子は布団から顔を出し、文枝といくを静かに見つめる。

声「何も変わらない、いつもの景色だった。でも、今日は何かが違って見える。滝子はそう思うとまた胸がサワサワとするのでした。」

二人は調弦を終えて、

文枝　「じゃあ、昨日やったところからいってみましょう。」
いく　「はい。」

三味線の稽古が始まる。

一郎が部屋に戻ってくる。
松尾は慌ててコタツに入り、

松尾　「お、お茶……飲まれますか？」
一郎　「え？　結構です。」

一郎は父のはだけた布団を直し、窓辺に座り外を眺める。
煙草を取り出し、一服吸い出す。
その姿が父とよく似ている。
窓を一寸開けると、三味線の音が聞こえて来る。
松尾は上ずった調子で、

松尾　「いいもんでしょう。」
一郎　「いいものですね。」
松尾　「芸妓さんたちですね。」
一郎　「そうですか。」
松尾　「よくおられますよ。普段ちゃ温泉街のほうにある寮に住み込んどって。でもここ、まわりを気にせんで稽古できますから。」
一郎　「なるほど。」
松尾　「大酒飲みでねぇ、男たちも勝てません。」
一郎　「そうですか。」
松尾　「明るくて、優しい人たちですねぇ。えぇ……」

しばらくの間、松尾は居心地の悪さを感じる。

一郎　「まるで家族ですね。」
松尾　「え、家族？　ははは、そうですね。でも、冬の間ちゃ雪酷《ひど》くて、ここ使えませんから、また散り散りになります。あったかなって雪少ななればまた顔合わせますが、前のことちゃなかったようによそよそしく始まりますね。ははは……」

松尾は言葉が長くなる。

一郎「でも、またそれも解けて。」

松尾「え？　ははは……えぇ、雪のように。おっしゃる通りで。」

一郎「えぇ。」

松尾の首から脳天がよく動く。

松尾「息子さんにちゃ……いつもお父様が……」

一郎「(松尾を見て)えぇ。」

松尾「(その気配を感じながら)い、いらっしゃる……」

一郎「えぇ。」

三味線の稽古が終わる。

文枝「はいここまでね。」

いく「ありがとうございました。あ、お滝さん寝てる。」

文枝　「あら。」

二人は三味線を片付ける。
いくは窓際に行き、稽古で硬くなった背中を叩き伸ばしながら、外に目をやり、

いく　「あ、頂《いただ》きのほうはもうすっかり雪被《かぶ》って、冬ですね。」
文枝　「あらそう？　ちょっと早いかしら。」
いく　「えぇっと……あぁ、ダメだ出てこない。本当に……。わたしろくに山の名前も覚えてない。」
文枝　「あぁ、あれ？　奉天山《ほうてんざん》よ、ホウテンザン。ホウテンヤマ……？　いいわよ、そんなの知らなくて。」
いく　「だってもうわたし、ここ来て何年？」
文枝　「年は数えないの。はい。（お茶を出す）」
いく　「あっ、すいません。」

二人は熱い緑茶を飲む。

文枝　「あそこに白い仮設のが建っているでしょ。工事が始まるのよ。来年の夏、

ここ線路が敷かれるんだって。」
いく「それやっぱり本当なんですか？　私も聞いて。」

お滝は半身《はんみ》を起して、

文枝「えぇ、お客さんに土建屋の偉い方がいてね、教えてくれたんですよ。ここ新しく新幹線が通るみたい。下の温泉街は大丈夫みたいだけど。」
お滝「ほんまけよ？」
文枝「あら、姉さん起きてたの？」
お滝「えぇ？　そりゃほんまけ？」
いく「無くなっちゃうのかな……」
文枝「詳しくは分からないわ。」
お滝「ほんで？　ここは？　どうなんがけ？」
いく「……持ち主いないですもんね。」
文枝「どうだろう。でも、そうなったら、ここが一番に取り壊されるわ。」
お滝「さみしいねぇ。わしゃここで死にたかったわ。」
文枝「なに、ちょっとやめてよ。」
いく「ここ便利だったのにね。お湯入って、稽古して、お座敷行って、酔ったら勝手に泊まれるのだもの。お客さんと会うこともないし。」
文枝「そうね。」
お滝「弱ったねぇ……」
いく「……せめてもう一年……」
お滝「なにけ、せめてもう一年ちゃ？」
いく「それは、だって、もうすぐ冬になるし……」
文枝「ここがなくなると、三助さんもいなくなるでしょ、いくは来年で三十九になるのよ。」
いく「……」
お滝「あぁ、そんなことけ。」
文枝「大きなことよ。」
お滝「いく、あんた旦那はいよ（はどうしているのよ）？」
いく「あぁ、孝三さん？　いまは北海道に出張中。でももうすぐ帰ってくるわ。もちろん応援してくれてて。彼のためにもね。四十は過ぎたくないんですよ。」
お滝「そか、頑張られや。」
文枝「そうね。大丈夫、大丈夫。」
お滝「あぁ、寂しなるねぇ。」

滝子といくは会話をそっと閉じ、文枝はその間でもの思う。

松尾「私一本もらえますか？」
一郎「あぁ、煙草？」
松尾「いいですか？」
一郎「もちろん。」

一郎は松尾の指の間に煙草を差し込む。

松尾「すみません、火、つけてもらっていいですか？」

一郎はライターで火をつける。
松尾は慣れておらず、すぐに噎《む》せる。

一郎「大丈夫ですか？」
松尾「……えぇ……」

夕日が濃さを増す。柿の橙色《だいだいいろ》が手伝い、部屋を一層赤々とさせている。
文枝はそっと立ち上がり、中庭の見える窓際に立ち、

文枝「見て。」

滝子は文枝のほうを見る。

文枝「熟れて美味《おい》しそう。」
お滝「ん？　あぁ、柿け？」
文枝「なんだか夕日がいつもより赤いわと思って、これだったのね。食べごろね。」
お滝「そうかい？　少し茶色いわな。あっこまでいったらもうだめやろ。」
文枝「いまくらいが一番美味しいのよ。」
お滝「なら食ってみられまよ。」
文枝「後で食べるわよ、うるさい。さぁ、いくちゃん、支度して、お迎え来ちゃう。」
お滝「あれ、あんたらもう行くがか？」
文枝「今日は早いのよ。いくちゃん？」
いく「……はい。すぐに。」
お滝「あんたら忙しいがけ？」

文枝　「忙しくないわよ。今日だってこの時間のは珍しいわ。線路が通れば忙しくなるのかしら。」
お滝　「線路通ったらあんたらの仕事無くなるやろ、若い子らに仕事とられて。」
文枝　「（お滝を遮《さえぎ》るように）お滝さん？」
お滝　「なにけ？」
文枝　「そんなこと、知らないわよ。」

お滝は文枝の強い調子に逃げるように大あくびをしてみせる。

お滝　「わしゃ、一寝入りして、また、お湯入っかね。あぁ、残念やね、ナマンダブナマンダブ。」
文枝　「ちゃんと寝てよ。」

文枝といくは鏡台の前で化粧をし始める。
文枝はいくの化粧を手直しする。
お滝はしばらく外を眺めてから寝る。

松尾　「湯殿《ゆどの》にご案内しましょうか？」

一郎　「えぇ、そうですね。」
松尾　「お父様ちゃ、起こさんでよろしいがですか？」
一郎　「あぁ。えぇ。」
松尾　「わたしはね、お二人の身体を見てみたいがですよ。見てみたいちゅうがも、おかしいがですが……」
一郎　「えぇ、なぜ？」
松尾　「ここ男の人おらんから、珍してね。」
一郎　「そうでしたか。」
松尾　「珍しい機会なんですちゃ……それに。」
一郎　「ええ。」
松尾　「先ほどあんたに驚いたんちゃ子供と思っとったからでちゃ、えぇ、それだけでちゃない気が……しますもんで。」
一郎　「そんな、見せるものでは、さきにどうぞ、もう一服付けてから。」
松尾　「待ちますよ。」

一郎は新しい煙草に火を点《つ》ける。

松尾　「お父様、よく寝とられますね。」

二階では、

文枝「あっ、お滝さん、何か持ってくる?」
お滝「菜っ葉の漬けもんかなんか持ってきといて。」
文枝「はいよ。」

百福が目を覚まし、部屋を出て行く。
松尾はそれに気づかないほど興奮している様子。

舞台、静かに回転。
夕日が六人の顔に様々な陰翳を写し出している。

三場　脱衣場（夕方）

湯気を逃す通気口から、夕日が差し込んでいる。
脱衣場はそれだけで十分な明るさを保っている。
壁掛けの扇風機が回っているが、古さと湿度と過労でカタカタと音を立てている。
古い体重計に木の長椅子、脱衣籠《だついかご》が並べられた木の棚がある。
浴槽に注がれる湯の音が奥の湯殿から漏れ聞こえてくる。

三助が脱衣場を熱心に掃除している。
目につくところの隅々を綺麗にしている。

脱衣場の戸が開かれ、百福が入ってくる。
三助は身体を強張《こわば》らせ直立不動となる。

百福　「おぉ、おまえ三助か。珍しいな。」

三助は餌《えさ》を貪《むさぼ》り食うネズミのように嬉しそうに顔を縦に振る。
百福が服を脱ぐと、裸の小さな老体が露わになる。
三助はそれに魅了され、石化したようになる。

百福「おい。」

床に置かれた竹笊《たけざる》の中に小銭を投げ入れる。
三助は深々と頭を下げる。

百福「先、（湯に）浸《つ》かる。」

百福は湯殿へ続く戸を開け、立ちこめる湯煙の中に消えていく。
湯殿のほうから百福が掛け湯をする音が聞こえる。
桶《おけ》を扱う軽快な音がそれに続く。

三助はガラスにへばりついて湯殿の百福を覗き見る。
すると、三助の鼻からとろりと液体が垂れ落ちる。

その液体を指で拭う。

鼻血が出ている。

何度もすすり上げ、戻そうと努めるが、どうにも止まらない。

持っていたちり紙を力任せに鼻腔《びくう》に詰める。


遠くの方からお寺の鐘の音がかすかに耳に届く。

三助は金の腕時計に目をやる。

時刻は午後五時を回ろうとしていた。


三助は股間に異変を感じる。

陰茎が強く怒張《どちょう》し、激しく脈動している。

三助は自分の反応に驚き、それを必死に抑えようと、息を吹きかけたり、叩いてみたりする。


戸が開かれて、一郎と松尾があらわれる。

三助は慌てて立ち上がろうとするが、上手《うま》く直立できない。

松尾　「ここで、服を脱ぎます。」

一郎　「ありがとうございます。」
松尾　「手ぬぐいちゃお持ちでないでしょう。三助さん持っとりますよ。」

一郎は手に持った自分の手ぬぐいを置くと服を脱ぎ始める。

松尾は時が止まったかのように、それを見つめている。

一郎は財布から二万円を抜き、竹笊の中に置く。

三助は目を丸くして驚く。

一郎　「お先に。」
松尾　「あ……はい。」

松尾は急いで脱衣する。

大根を摩り下ろせそうなほどに肋骨が浮かび、両脚は何年も漂流してきた流木のように痩せ細っている。全身の体毛はなく、血の気もないが、肌の白さは眩しさを感じるほど艶やかである。

三助は、脱衣を終えて湯殿へ行こうとする松尾を制止して、外し忘れたメガネを取ってあげる。

松尾　「……体震えとるわ。ちょっと待ってもらえるけ？」
松尾はしばらく長椅子に座りこむ。
三助は松尾の頭を優しく撫でる。
声　「盲目の松尾が見つめようとするもの。その先には何があるのでしょう。」
松尾　「ありがとう、さあ、入らんまいけ（入ろうか）。」
三助は松尾の手を引いて湯殿へ移動する。
声　「さあ、ご一緒に湯殿へまいりましょう。」
舞台回転。

四場　湯殿（夕方〜夜）

露天の岩風呂。

浴槽の縁となる部分の岩には幾つものロウソクが無造作に立てられている。

溶けたロウが固まり、それを土台に次のロウソクが立てられる。その作業が長年繰り返され、まるで鐘乳石《しょうにゅうせき》のような形状に変化している。

そのうちの二、三本に火が灯《とも》っている。

防湿のためにビニール袋に包まれた大きなマッチ箱と新しいロウソクが浴槽の端に置かれている。

明かりが足りなければ火をつけるが、今はまだ夕日が保ってくれている。

絶えず沸き続ける源泉の音が、この山の奥底の威力、迫力ある脈動を感じさせる。

百福と一郎はすでに湯船に浸かっている。

湯温が高く、二人とも額に大粒の汗が浮いて、顔は真っ赤になっている。

三助と松尾が湯殿に入ってくる。

松尾　「（三助に）もう大丈夫。」

松尾は浴槽の岩肌を触り、伝い歩く。慣れた手つきで桶を持って掛け湯を二回してから浴槽に入る。松尾はその間も湯煙の向こうの一郎から注意を逸《そ》らすことはない。

百福は湯船から上がる。

百福　「（三助に向かって）おい。」

松尾は驚き、

松尾　「あ……お父様……いらっしゃったがですね……」

三助は脱衣場から駆け足で湯殿に戻ってくる。
丁寧な手つきで百福の背中を流す。
次いで肩を揉み、それが終わると鼈甲《べっこう》の櫛《くし》を使い、百福の長い白髪を梳《と》かす。
それが終わると髪を結い上げていく。

百福　「うまいもんだね。ありがとう。」

三助は顔を真っ赤にし満面の笑みを浮かべ、喜ぶ。

百福　「いいよ。」
一郎　「はい。」

一郎は浴槽から上がると、松尾が敏感に一郎の動きに反応する。

一郎　「お願いします。」

三助は一郎の背中を流す。
背をほぐし始めた三助の太い腕がブルブルと震えだす。

百福　「めくらはやっぱり、若く見えますな。幾分、他よりも。ねぇ？」
松尾　「え？　私にちゃ分かりません。」
百福　「自分で触ってみたらどう？　分かるんだろ、その自慢の指先で。ほれ、ほれ。」

松尾「……面白い方ですね……」
百福「なんだ、花ばっかりか。」
松尾「あなたは？　倉田さん、どんな、どんな？」
百福「なに？」
松尾「どんな、身体を……」
百福「むごいものだよ。触ってみるか？」

百福は松尾の頬《ほほ》をそっと撫でる。
松尾は跳ねるように驚き、

松尾「……いえ、失礼をするつもりちゃ……」
百福「そりゃ残念だ。」

三助は一郎の身体の異常な堅さに顔を真っ赤にさせながら指圧を続けている。

松尾「息子さんは……」
百福「一郎？　もっとむごいよ。」
松尾「……そうですか。」

百福は微笑《ほほえ》む。

松尾「わかりませんな。」
百福「まぁ、そう、気を張りなさんな。」

三助が一郎の身体を流し終わり脱衣場に戻る。
一郎が浴槽に戻ってくる。
松尾は急に身体を硬直させ、その気配を強く感じようと努める。

しばらく沈黙が流れ、湯の音だけが湯殿を包む。

百福は浴槽の縁に頭を乗せて、寝てしまう。
寝息がかすかに松尾の耳に入る。
松尾は波を立てないよう静かに一郎に近づく。

松尾「お疲れでしたね。」
一郎「寝られましたか。」

松尾「私がしゃべり過ぎました。でもご安心を、ここの湯ちゃ、柔らかいですから。」
一郎「えぇ、そうですね。」
松尾「めくらの言うことで、失礼をお許しいただきたいがですが……お父様ちゃ、変わった方ですねぇ。話しとって分かります。面白いっちゅうことですよ。その……」
一郎「そうですか。」
松尾「すいません。」
一郎「いいえ。」

松尾は額の汗をぬぐい、

松尾「見てみたいものです。人形芝居。」
一郎「あぁ、出番がなさそうですね。」
松尾「もちろん私にちゃ見ることできませんが。」
一郎「えぇ。」
松尾「どんな人形ながですか?」
一郎「どんな?」
松尾「その、形といいますか、何の人形ながですか?」

一郎　「人形は、昔父が作ったもので、」
松尾　「腹話術みたいがですか?」
一郎　「いいえ。」
松尾　「そうですか。もしよかったら、あとで触らせてもらえませんか?」
一郎　「それは、出来ません。」
松尾　「え?」
一郎　「触ることは出来ません。私も。」
松尾　「……そうでしたか……すいません。」

声　「松尾はこの時、一郎の心がどこまでも深く、常夜《じょうや》の底にあるように見えたのです。その暗闇が満腹の蛇の腹のように膨《ふく》らんで波打ち、迫ってくるように見えたのです。その暗闇はどこから来るのか、どれほどの深さか、松尾は盲目になって初めて大きな欲望が湧いたのです。この目で見たい。見たい。見たい。」

松尾　「一郎さん……」
百福　「(目をつむったまま)松尾さん。」
松尾　「え?　は……はい。」
百福　「あなたの探しているその、こころっていうのはね。無いですよ。どこにも。

私にも、あなたにも。」

湧き出る湯が一寸勢いを増した。

松尾「あ、熱いですね……」

松尾は逃げるように浴槽から這い出るが、すぐにその場に倒れこんでしまう。痩せ細った身体からは呼吸の乱れがよく分かる。

薄いガラス板を強く震わせながら戸が開かれ、お滝が湯殿に入ってくる。髪は簡単に結い上げられ、幾分、若く見える。

お滝「お邪魔しますよ。あら、こんなとこでなにけ、あんた大丈夫け？」

松尾「……お先に。」

喉から絞り出すように告げて松尾は湯殿を出る。

お滝「なにけ。変なひとやねぇ。」

お滝は二度たっぷりの湯で掛け湯をし、浴槽に浸かる。

お滝「あら、なんか変なお湯ねぇ。」

百福と一郎を交互に見ながら、落ち着かない様子で胸に溜まった違和感を鼻から放出する。

お滝「ふん……」

お滝はすぐに浴槽から上がり、

お滝「はーい、来てぇー。」

三助が湯殿に入ってくる。

お滝「あんた、たのんちゃ（頼むわ）。」

三助はお滝の背中を流すが一郎の背中を指圧した時の力加減が残っていて、

お滝　「痛い！　痛い！　強いって、あんたさ、なにけ！」

お滝は三助の頭を叩く。

お滝　「たくさん（お金）あげたんやから、ちゃんとやられまよ。」

三助は力を抑え、いつものように背中を流す。

お滝　「せやせや（そうそう）、せやせや。あんたさ、あの娘ら今日座敷からあがってくんが早いがやと。」

三助の顔を見て、

お滝　「いくのことやぜ、今晩、たのんますぜ？　おい、おい。」

と三助の股間を握る。

お滝　「いいわ、終わり、終わり。髪いっちゃ（髪の毛は結わなくていいわ）。」

三助は脱衣場に戻り、お滝はまた浴槽に入る。

お滝　「ふうぅ、ありがたや、ありがたや。」

百福は目を覚まし、

百福　「お先に。」
お滝　「どうぞ。」

百福は脱衣場へ、一郎も次いで上がろうとすると、

お滝　「おっとさん。疲れとんがないけ？」
一郎　「あぁ、えぇ、どうでしょう。」
お滝　「ここ、良い湯やろ？」
一郎　「そうですね。」

お滝　「こんなん東京にちゃ無いやろ？」
一郎　「無いですね。」
お滝　「おって（留まって）よかったやろ。」
一郎　「えぇ。」
お滝　「せやろ。」

得意顔のお滝。
一郎は上がろうとするが、構わず、

お滝　「あんた、おっかさんは？　わしぐらいやろ？」
一郎　「いません。」
お滝　「なに？　死んだん？」
一郎　「えぇ、わたしを産んですぐに。」
お滝　「すぐに？　あらぁ、そうけ、かわいさげに。あんた結婚は？」
一郎　「いいえ。」
お滝　「一度もけ？」
一郎　「えぇ。」
お滝　「好きな人ちゃおらんがけ？」

一郎　「いません。」
お滝　「ありゃま、よわったぜ（困ったね）。中学でおったやろ、初恋の、ほれ。」
一郎　「学校には、行っていません。」
お滝　「えぇ？　中学、行っとらんが？」
一郎　「はい。」
お滝　「小学校は？」
一郎　「行ってません。」
お滝　「……何しとったん？」
一郎　「父の手伝いを。」
お滝　「人形のけ？」
一郎　「ええ。」
お滝　「ずっと？」
一郎　「はい。」
お滝　「あんた……なんで？」
一郎　「父がそう決めたんです。では、お先に、失礼。」

一郎は湯殿を出る。

お滝　「ナマンダブ、ナマンダブ、ナマンダブ……」

声　「陽はもうすっかり落ちていました。」

舞台回転。

五場　客間（夜）

午後六時を回ったあたりだが、すでに外は真っ暗。
脱衣場の扉を照らす傘のついた白熱灯だけが暗闇を照らしている。
湯上りの百福が中庭で柿の木を見上げている。
一階の部屋には松尾がいるが、部屋の電気はついていない。
百福が部屋に戻る。

百福　「なんだ、暗いなぁ。」

百福はコタツの上に乗り、垂れる紐を引っ張り、電気を点ける。
松尾に驚き、

百福　「うわっ、なんだいたのか。」

松尾　「ちょっと散歩へ……」
百福　「え？　夜道は危ないんじゃないの？」
松尾　「気をつけます。」
百福　「気をつけるって……やめといたら？」

松尾は部屋を出て行く。
百福は一人窓際に座り煙草を吸う。
どこか寂しげに見える。
一郎が部屋へ戻って来る。

一郎　「すみません、遅くなりました。」
百福　「なんかある？」
一郎　「おにぎりしかありません。すいません。」

と、荷物の中からおにぎりを出す。

百福　「あと、茶と。」
一郎　「はい。」

百福「おかしいもんだね。」
一郎「えぇ。」
百福「そんなに風変わりかね。」
一郎「いいえ、そう思いたいのでしょう。」
百福「まぁ、俺は圧倒的に惨《みじ》めに見えるからな。」
一郎「父さんがそう思いたければ。」
百福「うん、そう思いたい。」

乱暴に玄関の窓が開けられる音、と同時に文枝といくの騒がしい声が響く。
仕事を終えて文枝といくが戻ってきた。
二人とも酒に酔っていて、特に文枝は深く酔っている。
先の客を口汚く罵《ののし》ったり、板場《いたば》の手伝いをされそうになったところを抜け出せたことを喜んだりしている。

百福「ほれ、獣《けもの》がいらっしゃった。」

一郎の表情が硬くなる。

百福「静と動で、わかるか。」
一郎「ええ、捕食されて。」
百福「怖いか？　怖いだろ。おまえを食いに来たんだ。」
一郎「……」
百福「女は恐ろしいぞ。」

文枝といくは二階の客間に行く途中、壁にぶつかったり、階段を踏み外したりとうるさかったが、急に足音が静かになる。

百福「静かに。ほら、来るぞ。」

しばらくして二階の客間の戸が開かれる。
文枝に押されて、いくがまず顔をのぞかせる。

いく「あっ！　あ……こんばんは……」
文枝「こんばんは。」
いく「こんばんは。」
文枝「ウソ……これが親子？」

いく「しぃ！」

百福が煙草を取り出す。

いく「はっ！　動いた！　動いた動いた！」
文枝「あれ、人形？」
いく「違いますよ。あの人がやるんでしょ。」
文枝「人形の人？」
いく「人形の人って、なにそれ、あの人が人形みたいでしょ。」
文枝「やばい混乱してきた。」
いく「なんで？」
文枝「人形を動かす人形がいるってこと？」
いく「やめて、聞こえるから！」
文枝「閉めて、一回閉めて！」

戸を一度閉める。
百福はそっと煙草を戻す。

いく　「きちんとしよう。」
文枝　「うんわかった。もう、わかった。」

再度開ける、文枝といくは芸妓らしく顔を作って、

文枝　「こんばんは。文枝です。」
いく　「いくです。私たち下の温泉宿で芸妓やっております。」

と、担いでいた三味線を見せる。
文枝は振り真似をしてみせて、

文枝　「ベンベン！」
いく　「うるさい。」
一郎　「こんばんは、東京からきまして、今日一晩お邪魔させてもらうことになりました。倉田です。」
文枝　「良いんですよ。倉田さん、ごゆっくり。」
いく　「姉さんのものじゃないでしょ！」

文枝といくは盛大に笑う。

文枝「私たちもう、今日は終わったんですぅ。」
いく「終わったんですぅ。倉田さん、お酒召し上がりません?」

いくは風呂敷から一升瓶を出して。

いく「お座敷から持ってきちゃった。」
文枝「あぁ〜悪い子〜。」
いく「姉さんが良いって言ったんでしょ!」

また二人は盛大に笑う。
一郎は表情を変えることなく座っている。

いく「えっと、飲みましょ!」
文枝「飲もう飲もう!」

お滝が脱衣場から出てくる。

文枝「あ、お滝さん！　お滝さんだぁ〜。」
お滝「おぉ、もう帰ってきたんけ？」
文枝「そう。一緒にどう？」
お滝「あぁ、いっちゃ（遠慮しとくわ）。」
文枝「あらそ、残念。年寄りは放っておいて我々だけで楽しみましょう！」
お滝「はがやっしゃ（腹立つわ）。」

お滝は二階へ上がっていく。文枝、その足音を聞き、

文枝「うっせえ、ばばあ！」

文枝だけが盛大に笑う。

二階に上がったお滝は、タオルを干し、熱を冷ますため窓辺に腰掛ける。
灰皿を片手に煙草を吸う。
窓を開けると一階から騒がしい声が聞こえて来る。

お滝「チッ、やかましや（うるさいわ）ダラブチ（馬鹿たれ）が。」

一階では、文枝といくが日本酒を振る舞う。
コタツの上の湯飲み茶碗になみなみと注ぐ。
文枝は百福に向かって、

文枝「そちらの先生は？」
一郎「いいんだ。酒は飲まなれないんだ。」
いく「あら、残念ですわ、（一郎に）はい。」
文枝「ようこそいらっしゃいました。」
一郎「一杯だけ。」

一郎は唇を濡らす程度に留める。
いくと文枝は一気に飲み干す。

文枝「はぁ、美味しい。」

文枝はコップに付いた口紅をそっと拭う。

いく 「(文枝に) はい、もう一杯!」

いくは一郎の表情を気にしながら、

いく 「東京っていいわ、理想の国みたい。行ってみたいわ。」
文枝 「理想の国の人ね。石畳があって、煉瓦《れんが》造りの建物がダーっと並んでいてさぁ。」
いく 「そうそう!」
文枝 「みんな外で食事するのよ。」
いく 「外で⁉」
文枝 「知らないの? そうなのよ。外に机出して、座って。」
いく 「ワイン飲みながらね!」
文枝 「米みたいなダサいの食べないのよ、イモよ、イモイモ。イモめちゃくちゃに潰《つぶ》したやつあいつら食ってんのよ。ねぇ?」
いく 「あぁ、いいわぁワイン。こんな臭い日本酒なんか飲まないのよ。」
文枝 「あっそうだ、これこれ。」

菜っ葉の漬物を出す。

いく　「それ、お滝さんにじゃない？」
文枝　「いいのよ、どうせ食べないんだから、（一郎に差し出して）はい。」
一郎　「私は結構です。」
文枝　「いいのよ、遠慮しないでぇ。」
いく　「美味しいんですよぉ。」

文枝は一掴《ひとつか》み食べる。

いく　「食べたいぃ。あ～ん。」

二人は音を立てて食べる。
ゆっくり飲み込んでから、

文枝　「お兄さんたち、人形芝居やるんですって？」
一郎　「……ええ。」
いく　「すごい！」

文枝「どんなの？　浄瑠璃《じょうるり》みたいなの？　昔テレビでやっていた三国志の人形のみたいなの？　あ、あれだ、分かった。あれあれ、紐くっついてるやつ。」
いく「どんなのですか？」
一郎「いえ、そういうものでは。」
文枝「ええ、じゃあどんなの？」
一郎「そうですね……」

百福は煙草を吸いだす。
文枝は一郎の返事を待たず。

文枝「見たいなぁ。」
いく「見たい、見たい、見たい。」
一郎「いえ今日は……」
文枝「お願い、お兄さん。」

と文枝は一郎に擦り寄る。
小ぶりながら頑丈で張りのある乳房を一郎の腕に押し当てる。

一郎　「いえ、それは……」
文枝　「お願い。」
一郎　「そう言われましても。」

文枝といくは目を合わせて、

文枝　「じゃあ、私たちが最初にやるから、その次、ね？」
いく　「最初にやって、その次ね？」
文枝　「よっしゃ、何やる？」
いく　「姉さんの好きなので良いよ。」
文枝　「なんでも良いか。酔ってて、もぅ何でも一緒！」

二人は三味線を取り出し、

いく　「えぇ、なに、もう、えぇ……じゃあこれ？　とか？」
文枝　「越後《えちご》獅子《じし》？　暗いわ。もっとパァッとしたやつ！」
いく　「わかった！　これはどう？」

演奏が始まる。
息の合った演奏。ふたりは激しく弦を叩き、小さな湯治宿を震わせた。
荒々しい三味線の音色。
女の野生の意力。

文枝の胸元は大きくはだけ、豊かな胸の谷間が露わになる。
いくの着物の裾もまた徐々にはだけていき、白い太ももが露わになる。
生白い肉が湯水の如く盛り上がった足だ。

二階のお滝はまた吐き捨てるように、

お滝「やかまっしゃ。」

お滝は二人を止めに行こうとするが、足を止める。
普段使わない鏡台の前にそっと座り、くわえ煙草のまま、髪をほどき櫛で梳かし出す。

声　「若き頃、お滝は三味線を習っていたが程なくして止めた。芸妓にならなかったのは戦渦の影響もあったが、なにより自分で容姿の良し悪しくらい見分けがついたからだった。お滝は彼女たちを羨《うらや》ましくもあり、応援してもいる、家族のように振る舞いたいと思っている。だからいつもは聞いていないふりをして過ごしていた。しかし、いま下から聞こえてくる彼女たちの音色は、お滝の女そのものの真芯《ましん》を摑んでいた。嫉妬が目覚めたのだ。あのとき夢見た芸妓の姿、客との恋、豊かな乳房を見てくる土木作業員など、思い出と幻想が入り混じり、浮かんでは三味線の強い調子に蹴られ、綺麗に消えたりしていた。」

お滝は鏡台をそっと閉じ、一階に降りる。部屋に入って文枝といくを睨《にら》みつける。しかし、すぐには止めない。止めたくはないのだ。

演奏が終わり、

お滝　「下手《へた》くそ！」

文枝　「あら、お滝さん、いらっしゃい！」
お滝　「いらっしゃいじゃないちゃ。うるさて、眠れんねか。」
文枝　「来たかったんでしょ？」
お滝　「なにをっ！」
いく　「いいじゃない。」
お滝　「いいわけないやろ！　ここ座敷と違うがんぜ。そんなベンベンベンベンでっかい音で！」
文枝　「知っとるわよ。」
お滝　「あんたらのもん（もの）じゃないがやぞ。」
文枝　「わかっとるって、なに怒っとんのよ。」
お滝　「ふみ！　あんた、いい加減にしられよ。」
文枝　「もうやめたわよ。終わった、終わった。」

お滝は文枝といくのはだけた着物を直す。

お滝　「あんたら人様の前で、ちゃんと、しられや！」
文枝　「ちょっと（着物が）縒《よ》れんねか！」
いく　「お滝さん、今から倉田さんたちの人形芝居が始まるのよ。」

お滝　「えぇ？」
文枝　「楽しみ、楽しみ。」
お滝　「いいっちゃ。この人ら疲れとんがやから。寝られまよ。」
いく　「お滝さんも見ていこうよ。」
お滝　「何言うとんがんけ！　あんたら、もう立たれまよ。二階上がられまっ！」

お滝は文枝といくの手を握り、連れ出そうとする。
ふと、百福が立ち上がり、

百福　「おい。」
一郎　「え？」
百福　「ちょっとだけ。」
一郎　「はい。」
文枝　「え？　本当？」
いく　「素敵、お兄さん最高！」
文枝　「きゃーうれしいぃ！　やったぁ！」

一郎は百福の前にキャリーケースを置く。

そのあと黒い牛革製のハードケースを開けて楽器を取り出す。
いく「なにあの楽器？　見たことないわ。」
文枝「はっ、胡弓《こきゅう》……」
いく「こきゅう？」

突然三助が部屋に入ってくる。

いく「あぁ、三助さん。」

三助は急いでコタツの上の湯のみやポットを片付け、天板をひっくり返し麻雀マットの面に変える。
持っていた手ぬぐいで天板を綺麗にすると、また急いで部屋を出て行く。

文枝「三助さん？　え？」
いく「なに？　なんだったの？」
お滝「しいっ！　始まる。」

一郎は目を閉じ、演奏を始める。
それは皆が聞いたこともない音色だった。

富山県富山市八尾町《やつおまち》に三百年続く「越中《えっちゅう》おわら風《かぜ》の盆《ぼん》」というお祭りがある。前夜祭合わせて二週間、人々は寡黙《かもく》に踊り続ける。昼夜問わず、町で誰かが踊っている。その踊りに合わせる楽器の一つが胡弓である。胡弓が紡ぎ出す音は、陰影の強い八尾の町角と相まって哀調を帯び、同時にこの世とあの世の境界線を振動させるような魔的な魅力がある。

一郎の胡弓に合わせて、百福はキャリーケースを開け、人形を取り出す。

人形は顔の大きさに比較して体は小さく細い。両腕は細いが、手の五指はすべて大きく長い。特に親指が長い。裸の人形、大きな陰茎がダラリと垂れている。カナダの脳外科医ペンフィールドが示したもので、大脳皮質運動野と体性感覚野と身体部位との対応関係を強調させて出来上がる人間のモデル「ホムンクルス」である。

百福はその人形を抱きかかえ、コタツの上に乗る。

人形はまるで親に甘える子のように動き、百福から離れようとしない。
百福もまた人形を優しく見つめ、優しい声で語りかけている。

百福「いい子だ、そう、そうだよ。お前の好きに動けばいいんだよ。さあ、いつもの通りに動けばいいんだよ。恥ずかしがらず、やってみなさい。」

胡弓の音色が変わり伸びやかに転調する。
百福は人形とともにダンスを踊る。

百福「そうだ、その調子。」

徐々に人形が生き生きと動き出し、

百福「上手だ！　いいぞ。」

最早一人前のように人形は踊っている。

雪が降ってくる。

誰もそれに気づかない。
百福は無心で人形と踊る。
周りはそれをただ呆然と見つめている。
一郎の目が開く。
胡弓の音色は激しく荒々しくなり、徐々に音楽性を失っていく。
演奏が終わる。
百福はそっと人形を座らせ、礼をさせる。
お滝、文枝、いくも慌てて礼をする。
一郎も両手を畳につけて深々と礼をし、胡弓を片付ける。
沈黙が流れる。
文枝　「あぁ……うん……」

いく　「うん……」
文枝　「あぁ、そうね……えぇっと。」
いく　「すてき……だった……」
文枝　「そう、そうね。あ、ありがとうございました。」
いく　「ありがとうございました。」
一郎　「こちらこそ素敵な三味線をありがとうございました。」
文枝　「いいえ、そんな……」

百福は人形に優しく話しかけながら、キャリーケースに戻す。

百福　「はい、今日も良くできましたね。明日は朝早いからね。もう寝ましょうね。
　　　朝一番のバスで東京戻りますからね。」

お滝、文枝、いくの三人はその様をしばらく見つめている。
何を見たのか、何が起こったのか、見当がつかない様子。

百福は布団に入り、眠りにつく。

中庭で三助が立っている。
雪が髪と肩に薄く積もっている。

いく　「あたし、酔っ払っちゃった……みたい……」
文枝　「えぇ。私も。戻ろうかな。」
いく　「そうですね。」
文枝　「おやすみなさい。」
いく　「おやすみなさいませ。」
お滝　「なんだいあんたたち……」

いくが戸を開けると、憔悴した松尾が立っている。

いく　「わっ！　びっくり……松尾さん、いたの？」
松尾　「（反応せずに）……」

文枝といくの二人は階段を駆け上がり、急いで着物を脱ぎ、衣紋掛に投げかける。
白い長襦袢《ながじゅばん》のまま布団に入る。
二人の間に会話は無い。

お滝　「ありがとう。えらい良かったちゃ。おやすみ。風邪引かんとゆっくり休まれ、ありがとう。」
一郎　「お滝さん、ありがとうございました。」

お滝は部屋を出る。

二階に上がり、二人が消し忘れた電灯を落とし、

お滝　「おやすみ。」

自分も布団に入る。

寝ながら、片腕を上げて、指を動かしてみせる。人形芝居を真似たかった訳ではなく、ただ、生きていることを確認したかった。生命に触れたいと思った。

いくは布団から手を伸ばし、コタツの上のスマートフォンを手にし、出張中の夫に電話をかける。

しかし応答がないのでEメールを送る。

文枝は布団に包まったまま動かない。

三助はまだ外に立っている。
大粒の涙を流し、嗚咽《おえつ》を漏らしている。
一郎は窓を開けて、
一郎「あの、終わりました。もう、大丈夫です。風邪ひきますよ。」
三助は動かない。
一郎「あの……」
松尾が部屋に入ってくる。中庭のほうを向いて、
松尾「三助さん?」
一郎「ほら、三助さん、もう……」
三助は動こうとしない。
一郎はピシャリと窓を閉めて、

一郎　「戻りました。」

三助はまだ中庭から動こうとしない。
涙は止まらない。

松尾　「三助さん……あんたけ……」
一郎　「戻りましたよ。」
松尾　「いや……」
一郎　「（遮って）松尾さん、いいじゃないですか。」
松尾　「……」
一郎　「私ももう休みます。」
松尾　「え……ええ、そうですね。」
一郎　「いいですか？　電気。」
松尾　「お構いなく。消してください。」
一郎　「わかりました。」
松尾　「私にはどちらも変わりないですから。」

一郎は電気を消す。

松尾も電気を消そうとするが、紐を探すのに手間取る。
一郎は松尾の腕を摑む。

松尾「ひぃっ！」

一郎は松尾に紐を摑ませる。

松尾「……つけることないから……慣れとらんで……」

宿全体が真っ暗になる。
脱衣場にある小さな白熱灯だけが光り、牡丹雪《ぼたんゆき》を照らしている。

三助は深々と頭を下げ、脱衣場へ戻る。
松尾は立ったまま、震える手でメガネを外す。
眼球があったはずの場所に二つポッカリと穴が空いている。

松尾「ずいぶん昔のことで、今ちゃもう誰もそうは呼びませんが……」
一郎「えぇ。」

松尾「かつて、ここちゃ「無明ノ宿《むみょうのやど》」と言われとったそうです。」
一郎「えぇ。」
松尾「仏教の十二縁起《じゅうにえんぎ》の無明です。ご存じですか？」
一郎「いいえ。」
松尾「十二縁起とは人間が苦しみを感じる十二の原因のことです。その最初が無明、これは「迷い」のことです。」
一郎「はぁ。」
松尾「無明から始まり、行《ぎょう》、識《しき》、名色《みょうしき》、六処《ろくしょ》、触《そく》、受《じゅ》、愛《あい》、取《しゅ》、有《う》、生《しょう》、老死《ろうし》。これらが繫《つな》がって互いに関係し合っています。人間はあらゆることに迷い苦しむ。この営みこそが人生の本体ではないでしょうか。そしてこれらの関係を真に理解することが彼ら仏教徒の求める「悟り」なのです。」
一郎「そうですか。」
松尾「面白いものです。仏教においては、愛もまた苦しみを生む原因なのですから。」
一郎「えぇ。」
松尾「すんません。盲人ちゃおしゃべりなもんやから……ねぇ一郎さん。」
一郎「はい。」
松尾「あなたに「迷い」はありますか？」

一郎「ええ、そりゃ誰でも、」
松尾「愛するものは?」
一郎「松尾さん。」
松尾「差支《さしつか》えなければ。」

一郎は父の寝姿を見たまま、静かに、しかし強い調子で、

一郎「もう、いいだろ。」

三助が風呂場と脱衣場を掃除する音が聞こえる。デッキブラシの音が漏れ聞こえてくる。

いくはスマートフォンの電源を落とし布団から起き上がる。足音を殺しながら、部屋を出る。しかし冷えきった宿の軀体は、いくの火照った体が通過する度《たび》に大きく音を立てる。「お願い、静かにして」と祈りながら階段を下りていく。

中庭に着く。

白い長襦袢のまま、雪で髪を濡らさないように手ぬぐいを一枚頭に広げている。

脱衣場の戸をノックするが応答がない。

寒い、もう一度ノックするが三助に届いていない。

ふと地面に目を落とすと、完熟の柿の実が一つ地面に転がっている。
それを拾い上げ、息を吹きかけ、かぶった雪を払ってあげる。
表面の雪が解け、橙色の完熟の実がいくの手のひらの上で輝く。

脱衣場の戸がゆっくり開き、三助が顔を出す。

いく　「三助さん、背中流してくださる?」

三助は頷き、招き入れる。
竹笊に硬貨を入れる音が聞こえる。

お滝　「ふみ、起きとんがやろ?」
文枝　「なあん、寝られんわ。」
お滝　「わしもや、」
文枝　「あの人形芝居……、わたし怖かったわ。途中目伏せとったわ、見られんかった。
　　　分かる?」
お滝　「えぇ?」

文枝　「あの、人形怖かったわ。」
お滝　「……変わった、都会のもんやろ、よう分からんかったけど、おっとさんよう（よく）動いて、がんばっとったちゃ。」
文枝　「あれは、子供よ。あのひとの、大きくならない、永遠の子供なんよ。」
お滝　「何言うとんがけ、知らんちゃよ。」
文枝　「ほら、私子供産めんかったでしょ。」
お滝　「えぇ？　どうしたんけ？」
文枝　「ねぇ？」
お滝　「……ほんで？」
文枝　「ちがう、だから……わからん……」
お滝　「……」
文枝　「なにか、なにか、無くなる気がするんよ。」
お滝　「……寝るぜぇよ。」
文枝　「胸がさわさわするって……そうでしょ？」
お滝　「やかましや。あんたと、あのひとら（ひとたち）とちゃ違うちゃ。」
文枝　「違うわよ、そんなことじゃないちゃよ！」
お滝　「あんた、変やわ。わしなんも考えんかったぜ。」
文枝　「あの子見てた。」

お滝　「え？」
文枝　「あの子、いくはじっと見とった……」

お滝は大きくため息をつく。

文枝　「いくちゃん、今度こそ上手くいくといいわ。三助さん、がんばって！」
お滝　「ふみ……」
文枝　「今度は必ず成功するわ。私の分も。なに？」
お滝　「……なんでもないちゃ……」

お滝は布団から出て、羽織を着る。

文枝　「どうしたの？　お滝さん？」
お滝　「煙草吸いに行ってくっちゃ。」
文枝　「もう止めたら、体に毒でしょ。」
お滝　「あんた、上手なったちゃ、いい音やった。いくも本当上手なったねえ。来年から聞けんようなったら寂しなっちゃ。」

お滝は部屋を出る。

文枝「なによ……」

お滝が階段を下りていく音が弱々しく響く。

文枝「やめてよ。」

文枝は起き上がり、お滝を追う。

脱衣場からいくの喘《あえ》ぎ声が聞こえ始める。

松尾「一郎さん？」

一郎「……」

松尾は一郎が寝入ったと思い、キャリーケースの場所を探しだす。
暗闇の中を静かに這うように動き、ようやく見つける。

一郎は寝ていない。
松尾をじっと見ている。

松尾はキャリーケースを開け、中に入っていた人形を持ち上げる。
顔、手、体、足、松尾の手に触れるすべてが異様な人形。
盲目の人間にとって触覚だけで頭に描くホムンクルスは恐ろしい化け物のようで、松尾は硬直してしまう。

松尾「う……あぁ……」

声が漏れそうになり、慌てて口を手で塞《ふさ》ごうとしたとき、人形の口元の仕掛けが外れ、長い舌がベロリと出る。
その大きな舌が松尾の顔の上に乗る。

松尾「うわぁ！」

慌てて部屋を飛び出し、中庭を抜けて脱衣場の戸を開けるいく「わっ！　松尾さん！　びっくりした。」

松尾は構わず脱衣場に入る（戸を開けたまま、湯殿へ行く）。

いく「もぉ、閉めてってよ！」

客間には一郎と百福だけになる。

一郎は窓辺に座り煙草に火をつける。

一寸窓を開けると、様々な声や音が一郎の耳に飛び込んでくる。

脱衣場のほうからいくの喘ぎ声、玄関のほうから文枝の啜り泣く声、湯殿のほうからは松尾の苦しみ悶《もだ》える声が聞こえてくる。

それらが混じり合い、この小さな湯治宿を揺らす。

いや、宿が震えているのか。


一郎は煙草をもみ消し、窓を閉め、部屋を出る。

中庭に出て、空を見上げる。

雪は勢いを増している。

脱衣場へ入る。

＊ここから舞台はゆっくり回転し続ける。

脱衣場で三助といくが抱き合っている。
いくが三助に覆いかぶさって、首筋に何度も口付けをしている。
いくは夢中になっていて、一郎に気づかない。
一郎はしばらく眺めてから、湯殿に移動する。
湯殿のロウソクは全て灯っている。
松尾は源泉の湧き口に口を付けて必死に湯を飲んでいる。
一郎はしばらく眺めて湯殿の外に出る。
玄関ではお滝が煙草を吸っている。
その隣で文枝は立ったまま啜り泣いている。
一郎はしばらく眺めて客間に戻る。

百福は人形を抱いて寝ている。
一郎は百福のそばに座る。
（舞台は引き続き回転する）

脱衣場でいくが三助に跨《またが》り激しく腰を動かしている。
やがて大きな痙攣《けいれん》とともにふたりは果てる。
湯殿で松尾はまだ湯を飲み続けている。
痩せた腹に大量のお湯が入って、妊婦のように膨らんでいる。
玄関では文枝がお滝の胸で泣いている。
両手でお滝の浴衣をしっかりと握り、子供のように泣き続けている。
（玄関を正面に舞台の回転が止まる）

一郎がくわえ煙草で玄関にあらわれ、便所へ急ぐ。
左手はすでにチャックを下げようとしている。

お滝　「あんた……」
一郎　「はい？」
お滝　「あんた……真っ暗やわ。」

一郎は便所に入る。
すぐに放尿の音が続く。

声　「小人症の父を持ったため、人生の選択などなかった。ただそれだけのことだった。一郎は勢いなくだらだらと流れ出る尿を見つめながら「あぁ、年をとったものだ……」とだけ、そっと思いました。放尿が終わりに近づき、天井に視線を上げると、夏に捕まった蛾の死骸が、クモの巣の端に引っかかって、隙間風に揺られていました。」

東の空が白けてくる。

声　「そして、次の日、朝早く。」

舞台、静かに回転。

（脱衣場と湯殿が同時に見える位置で停止）

六場　脱衣場と湯殿（早朝）

早朝六時、脱衣場と浴場内に白銀の陽の光が差し込んでいる。

この日はとくに気温が低く、空気も澄んでいる。

このような日は、森の中から聴こえてくる目覚めたばかりの野鳥の声や、湯殿の音も美しく、互いに邪魔されずに飛び交う。


三助といくは脱衣場で寄り添って寝ている。

しばらくして二人は目を覚まし、いくは湯を浴びに、三助は普段の仕事に戻る。

いくが湯殿の戸を開けると冷気が流れ込んでくる。

いく「はっ、寒いっ！」

湯殿では松尾が岩風呂の縁に腰かけ、力なく項垂《うなだ》れるように壁に寄り掛かっている。

いく　「あれ？　松尾さん？　おはよう。え……ずっといたの？」

松尾は応答しない、動きもしない。

いく　「どうしたの？　大丈夫？」

文枝が脱衣場にあらわれる。

文枝　「（三助に）おはよう。」

脱衣して湯殿に移動する。

いく　「あ、姉さん。おはよう。」
文枝　「おはよう。」
いく　「昨日すぐ寝たでしょ？」
文枝　「あ、うん。そう……」

お滝が湯殿にあらわれる。

いく　「（欠伸《あくび》をしながら）おはよう。」
文枝　「……（小さな声で）おはよ。」
お滝　「おはようさん。」

お滝はいつもの通り二度丁寧に掛け湯をして浴槽に入る。

三人の女性が朝日に照らされ入浴している。

白い肌と三様に垂れた乳房は、滑りのある湯と絡み合い、鮮やかな人間味を放っている。

文枝は昨夜のことを思い出し、お滝と距離を取ってしまう。

いくは空《そら》で三味線を弾きながら、

いく　「姐《ねえ》さん、このあとってさ。」
文枝　「……」
いく　「姐さん？」
文枝　「え？　なに？」
いく　「なによ、ぼぉ～っとして。」
文枝　「ごめん。なに？」
いく　「だから、この後、続き教えて欲しいんですけど。」

文枝「あぁ、そこはこうじゃない？　あれ？　スクイだったかしら、ハジキだった
かしら、忘れちゃった。」
いく「そっかぁ。」
お滝「ハジキに決まっとるやろ。」
いく「え？」
お滝「ハジキや。」
いく「本当？」
文枝「ねえさん、さすがね。」
お滝「そんなもん誰でも知っとるわ。」
文枝「じゃあ、その後もいくちゃんに教えてあげて？」
お滝「あ？」
いく「やった。お滝さん、ここなんだけど。」
お滝「こうや、こう。違うて、こうや。」
いく「チン、チリ、チリチリ、トテ……」
お滝「ふみ、この先忘れたわ。」
文枝「ふふふ、うん。」

文枝はお滝のそばに移動する。

三人はお互いを補いながら口三味線を繋いでいく。

声「ほぅれ……ほれ……ほれ……ほれ……ほれ……ほれ、ほれ、ほれ……」

突然湯殿の戸が開かれ、

百福「おはようございま〜す！」

百福と一郎が服を着たまま荷物を持って湯殿に入ってくる。
百福は人形を抱えている。

百福「はい、おはようございま〜す！」

声「ほれ、ほれ、ほれ……」

百福「おい、掛け湯。」

一郎は近くにあった桶を拾い、人形に掛け湯をする。

声　「ほうれ、ほれほれ、ほうれ、ほれほれ。」

百福　「はい。良くできました。じゃあ、お風呂入りましょうねぇ。」

百福は人形を大事そうに抱き上げ、優しく丁寧に入浴させる。

赤子《あかご》を沐浴《もくよく》させているかのように優しく。

百福　「あちちかな？　大丈夫かな？」

お滝、文枝、いくは状況が把握出来ないでいる。

声　「ふふふ、ほれほれほれ、うひひひ、ほれ、ほれ、うひひひ、ほぅれ……」

一郎が笑っている。

澄んだ空気のなかを真直ぐに走ってきた陽の光線が一郎の後頭部を照らし、日蝕のようになり、表情の詳細は分からないが、確かに一郎は笑っている。

声　「ただ一人、松尾の夜は終わっていなかった。」

松尾は一郎のその表情を見て凍りつく。
松尾は嘔吐し、大量の吐瀉物《としゃぶつ》がドシャリと湯殿の床に落ちる。
何度も嘔吐を繰り返す。
昨夜身を清めるために飲んだお湯が全て吐き出される。

声　「そして松尾はこのあと、宿を去っていきました。」

暗転

＊以下の老婆の声は暗転のなかで語られる。

声　「百福と一郎もまた、次の依頼先へと旅立って行きました。国中が気狂い、
　血に飢え出したいま、百福の容姿と人形芝居はとくに求められました。人々は
　いま惨めさを求めているのです。圧倒的な惨めさを！」

しばらくの静寂。

声　「しかし、この宿で過ごした時間はいつものそれとは違いました。下山道中一度、百福と一郎は目を交わし微笑み合いました。宿を出るとき渡された金の腕時計と高額の報酬を思い出して、ではありません。それは確かに父と子の何気ない微笑みでした。」

湯の音が聞こえて来る。

声　「それから数日後、突然天の裂け目から降ってきたように本格的な冬が訪れました。この集落のあたりは例年七、八尺の雪が積もるため、客が訪れることはなく、村の人たちも冬ごもりをします。人出の足りない湯治場はこの時期一斉に閉鎖されます。この宿も同じく。」

湯の音が徐々にか細くなっていく。

声　「ただ湯だけが、絶えることなく湧き続け、静かに雪解けを待っているのです。でも、この年はとくに、さみしそうに聞こえました。そして、震えているようでした。新幹線の線路を通す重機の咆哮《ほうこう》が近づいてくるようで、怖いのです。」

湯の音はか細く、悲しく響く。
それに次いで重機の暴力的な音が大きく激しく迫ってくる。
湯の音はかき消されてしまう。

静寂。

しばらくして蟬の鳴き声が聞こえてくる。

声「あれから十《とう》の月が過ぎ、夏が訪れました。木々が肉厚の葉を存分に広げ、盛んな自然力の量感を見せつけていました。その下では蟬たちが一斉に生命を競い出していました。そして、いま、あの地獄谷の名も無い名の無い湯治宿は、と言いますと……」

七場　客間（夏、昼間）

明転

中庭の柿の木は深い緑の葉を豊かに掲げている。
朝顔が色鮮やかに幹の周りを取り巻いている。
真夏の昼間の日光が満遍なく火の粉を振りまくように、宿を照らし出している。

赤ん坊の鳴く声がする。
二階でいくが目を覚まし、赤ん坊を抱きかかえる。
片方の乳房を出し、授乳させる。
大きな浅黒い乳首に赤ん坊が吸い付く。

声「いつでも、あなたのおこしをお待ちしております。」

新幹線の通過音が遠くに響く。
一塵の風が風鈴を揺らした。
その音に驚いた一匹の蟬が飛び立ち、羽音が遠ざかっていった。

暗転

了

＊三助　不妊の女性が入浴すると子供を授かると伝わる「子宝の湯」は日本全国に存在する。これは江戸時代、三助が顧客の女性と性交し妊娠させていたと考えられている。夫側に不妊の原因がある場合には妊娠に成功する可能性があった。三助には越前・越中・越後の豪雪地帯の出身者が多く、容姿の良いものは人気があったと言われている。江戸時代には現代と異なる倫理観があり、また家を守ることが最優先とされていた事情がある。だから、後継ぎに恵まれない嫁は舅姑《きゅうこ》に言い含められ、夫側も薄々事情を分かっていながら湯治に行く妻を送り出したのである。

＊**十二縁起**　仏教用語。十二因縁ともいう。老死とは、老いて死んでゆく人間にとっての厳粛な事実であり、生もまたそうである。しかし、これは単なる生命現象としてではなく、老死によって無常苦が語られ、また生においても苦が語られている。老や死は苦悩の具体的事実である。これは無常苦のなかを行き続ける自己を見つめることで、喜と楽による幸福の儚さを物語るものであり、人間生存自身の無常苦を意味する。生も単なる生命現象としてではなく、無常苦の根本とされる。生も苦、老死も苦、人生そのものが苦とされる。生老死がなぜ苦なのか、毎日の生活が生老死に苦を感ぜずにはおれないような生活だからである。その観点からの生活を有という。有を苦と感じさせるのはなぜかというと、常に執着をもっているからである。とくに、自分自身と自分の所有へのとらわれが、その理由であり、取による有といわれる。その取こそ愛によるのである。愛について三つ記してある。

- ●有愛………存在欲。生きることを渇望する心。
- ●非有愛……非存在欲。有愛がはばまれるときに起こる、死を求める心。
- ●欲愛………刺激欲。感覚器官からの刺激を求める心。思考やイメージなど、自分の心で生み出す刺激も含む。

（ウィキペディアより抜粋改編）

あとがき

故郷の富山を離れてから、二十五年経ちました。そのほとんどは東京の渋谷にある小さなマンション、のちに劇団のアトリエ「はこぶね」となる場所で過ごしました。その場所は富山の祖母が購入したもので、当時渋谷は今ほど栄える前の時だったと聞きました。

私が住みだした頃は、すでに渋谷は若者の文化の中心地でした。都会の麻薬的な刺激は、故郷を忘れさせ、積極的に富山に帰ろうとは思いませんでした。

二年前、長年寝たきりだった富山の祖父が亡くなりました。私の両親は共に精神科医なので日々忙しく、幼少の頃一緒に遊んだ記憶がありません。祖父と祖母がよく世話をしてくれていました。厳しく優しい人でした。

それから、富山に帰ることが多くなりました。その頃は、まだ北陸新幹線は開通しておらず、徐々に高架橋が繋がっていく様を「特急はくたか」の車窓から眺めていました。緑豊かな風景のなかをコンクリートの無機質な構造物が切り裂いていきました。

台本の執筆に入り、しばらくして祖母が体調を崩しました。新幹線が開通し、メディアも富山を紹介することが多くなりました。私はその真新しい新幹線に乗って祖母のお見舞いに行きました。物思う間もない速さでした。

祖母は食べることも、話すことも困難になっていて、とても衰弱しているように見えました。

私は消えゆく命の姿をこの作品の中に描こうと思いました。その最後のひと時を借りて、美を込めて、戯曲にしようと思いました。命の、最後のその僅かな気迫も見逃すことなく表現したかったのです。

そうして、この『地獄谷温泉　無明ノ宿』は完成しました。稽古の始まる前に台本が完成していることは今回が初めてでした。

私は稽古が休みのとき祖母の家に行き、上演のための小道具として様々なものを借りました。玄関で使う灰皿を置く木の台や、客間の布団や衣紋掛、脱衣場に置いてある籐の籠、湯殿に掛けられた温度計など多くの小道具がそうです。

思えば、「はこぶね」も祖母の持ち物です。以前から私の創作にはいつも祖母がいたのです。残念ながら、祖母は私の作品は見たことがないけれども、見に来ても「ようわからん。」と言われて終わりのような気もします。それに、代わりに母が見てくれているから良いのかもしれません。

文枝は母から、滝子は幼少の頃家政婦をしてくれていた方から、いくは初恋の相手から名前を取りました。役名はないけど「声」はどうしてもお婆さんのものにしたかった。作品全体を祖母が包んでくれているようにと。

それでも、台本の先頭に「めんめんばあちゃんへ」と記さなかったのは、これからもずっと私の創作を見つめてくれるからです。

二〇一六年三月

タニノクロウ

特別付録——舞台美術資料

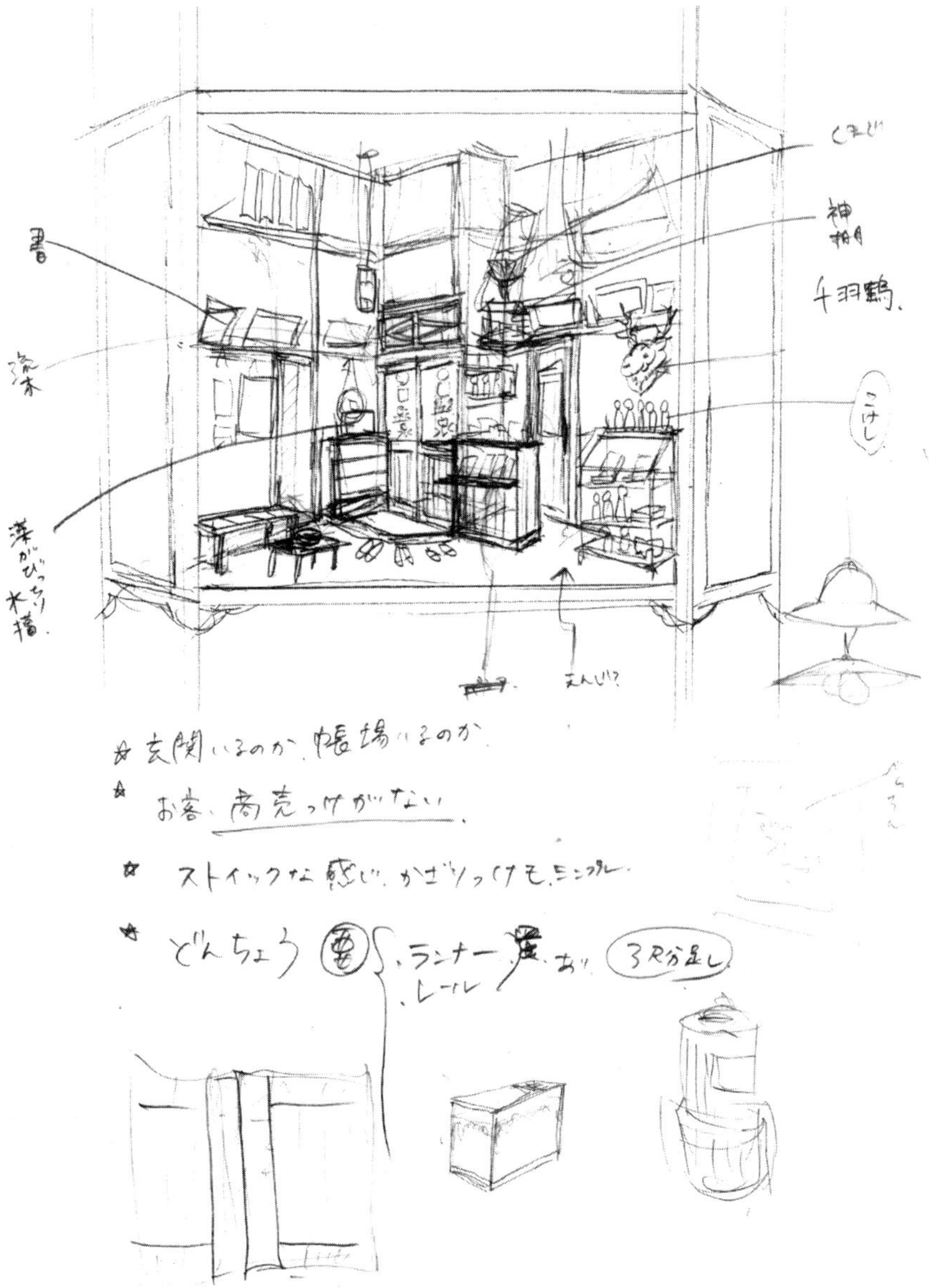

書
流木
藻がびっちり水槽
神棚
千羽鶴
こけし
☆玄関いるのか、帳場いるのか
☆お客、商売っけがない
☆ストイックな感じ、かざりつけも、シンプル
☆どんちょう
ランナー
レール

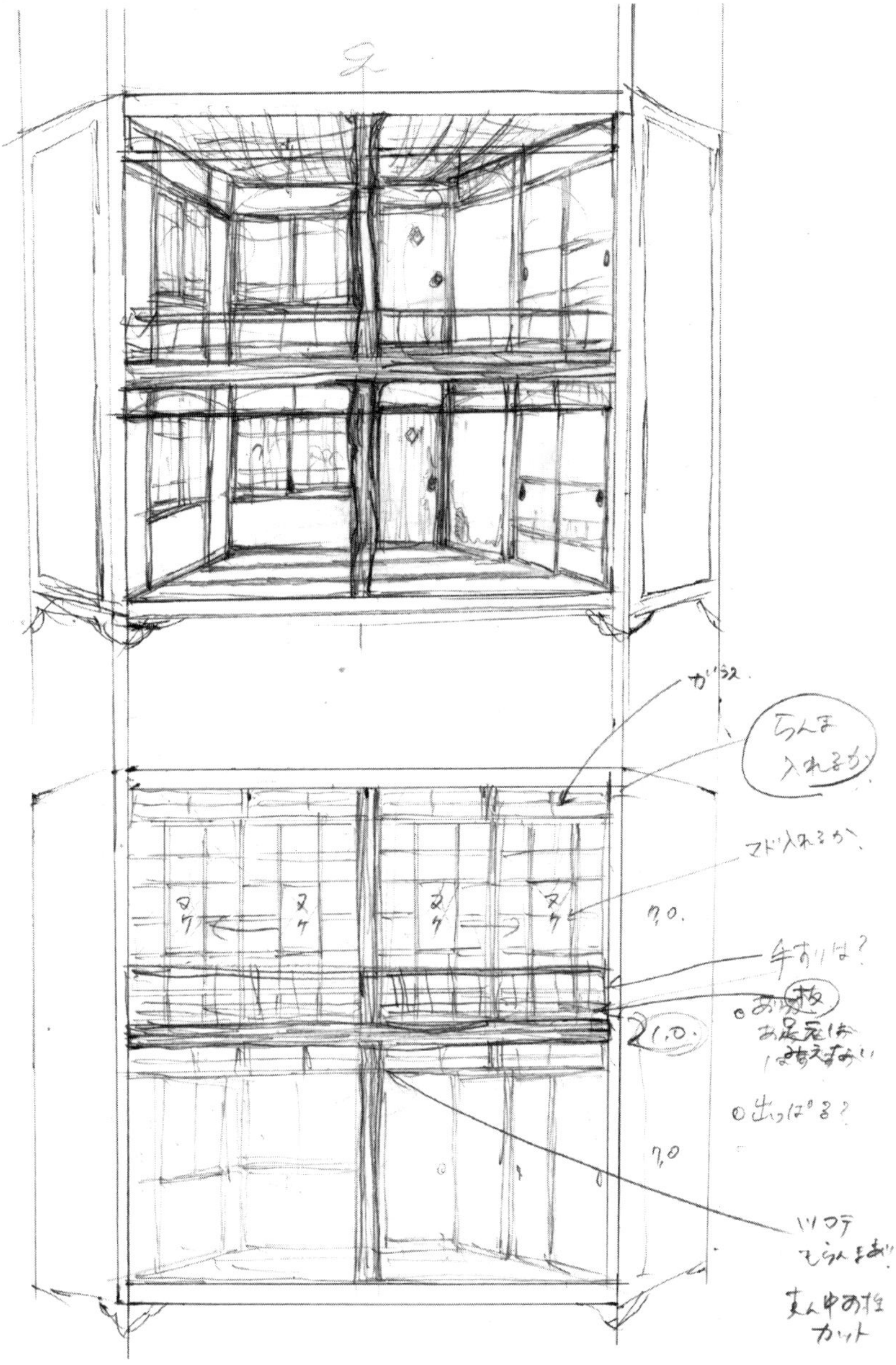
ガラス
らんま入れるか
マド入れるか、
ヌケ
ヌケ
ヌケ
ヌケ
7.0.
手すりは？
1.0.
お足元は みえない
○出っぱる？
7.0
ツコテもらんまあり
真ん中の柱カット

脱衣場

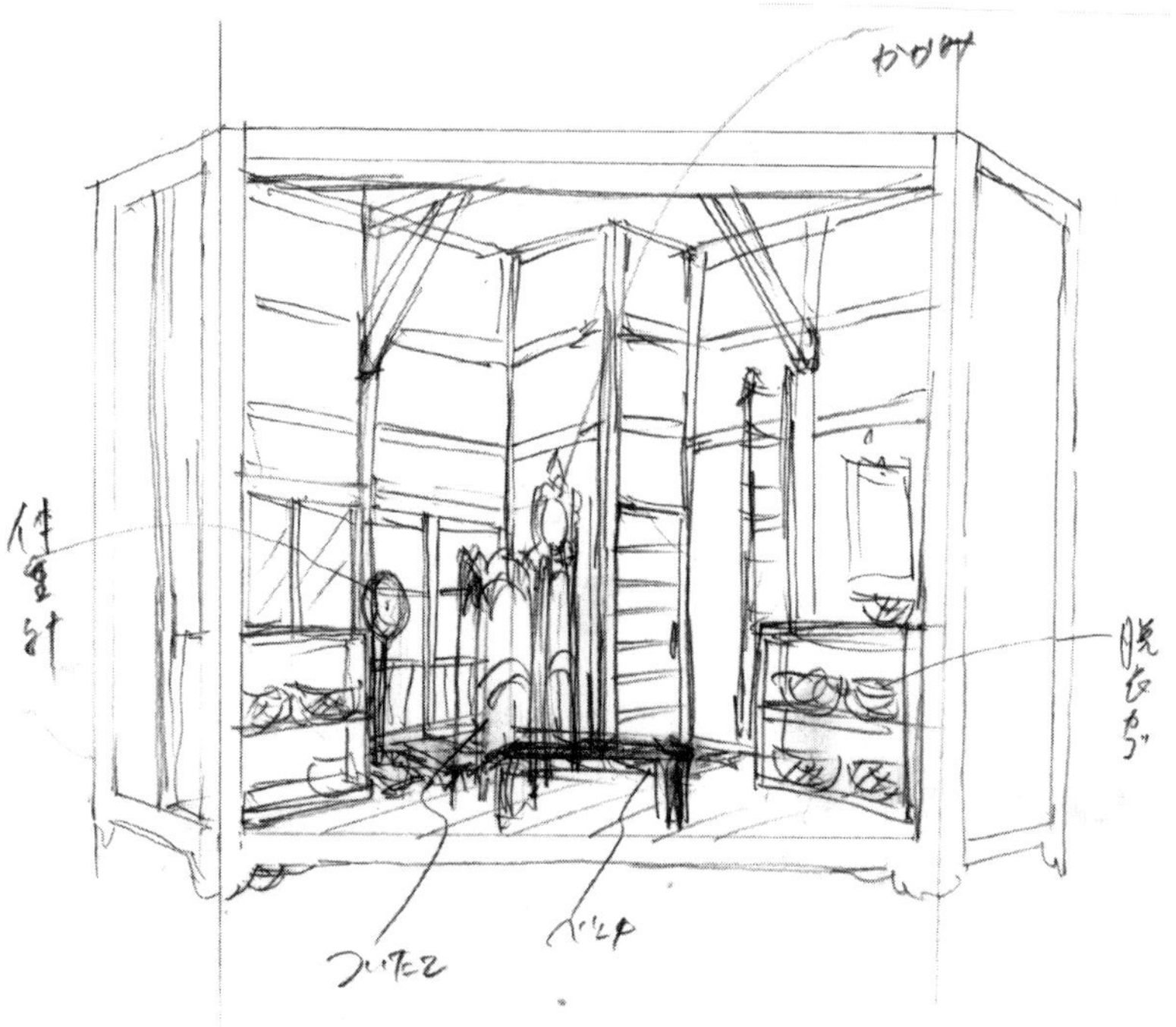

湯殿

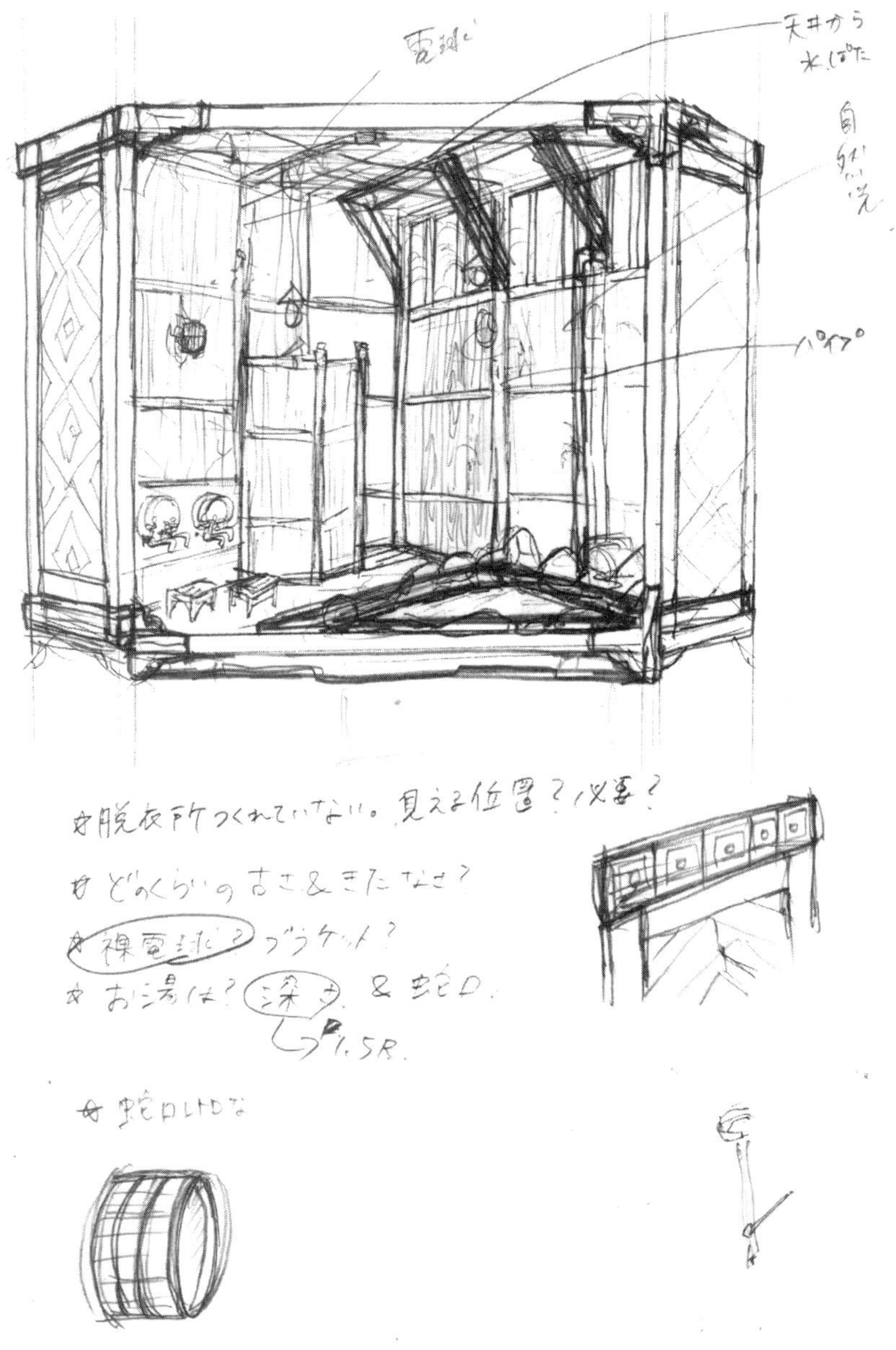

スケッチ画　稲田美智子

平面図

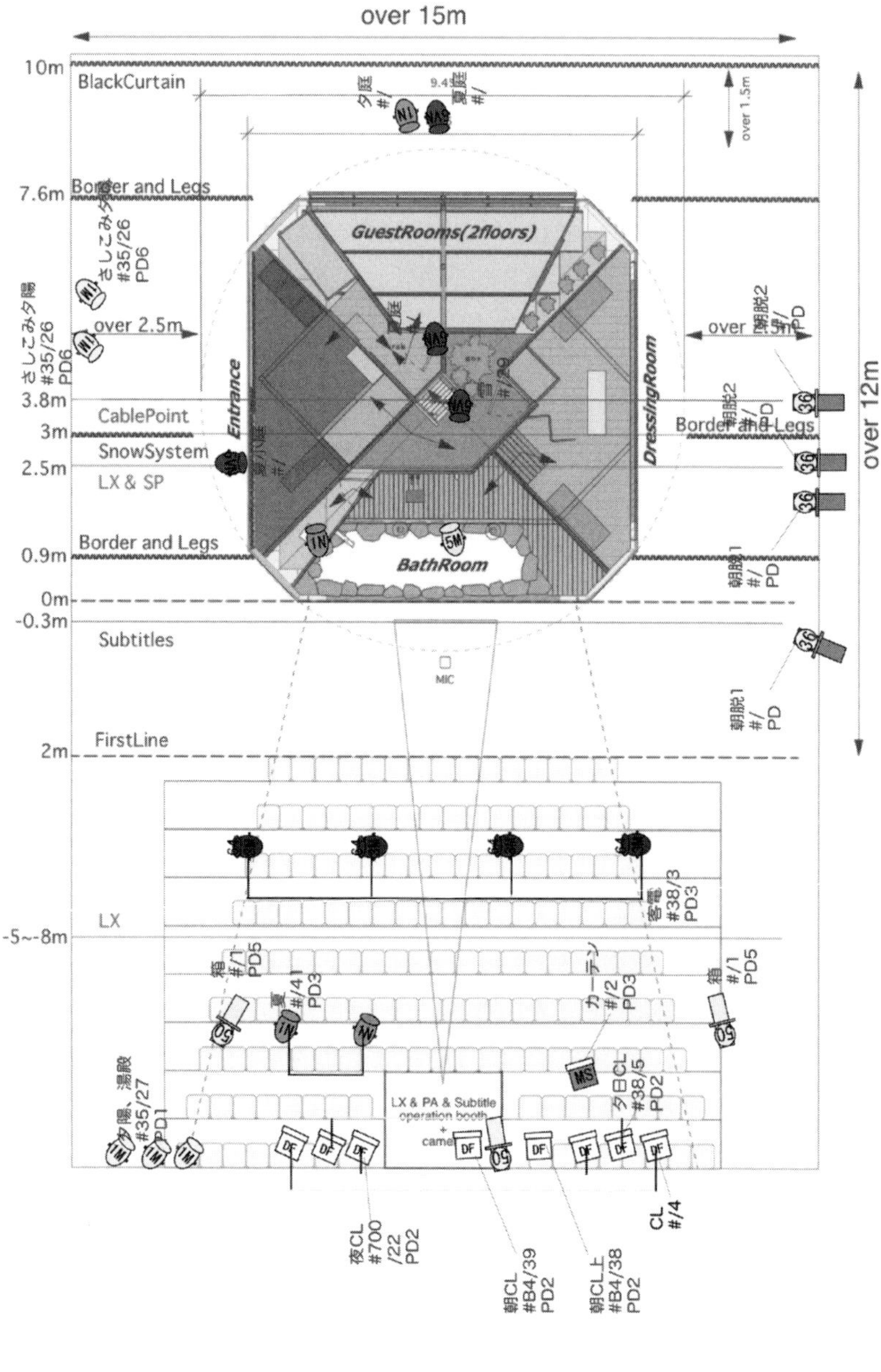

over 15m
over 12m
10m
BlackCurtain
7.6m
Border and Legs
GuestRooms(2floors)
over 2.5m
over 2.5m
Entrance
DressingRoom
BathRoom
3.8m
CablePoint
3m
SnowSystem
2.5m
LX & SP
Border and Legs
0.9m
Border and Legs
0m
-0.3m
Subtitles
MIC
2m
FirstLine
LX
-5~-8m
LX & PA & Subtitle operation booth + camera
夜CL #700 /22 PD2
朝CL #B4/39 PD2
朝CL上 #B4/38 PD2
CL #/4
夕陽、湯殿 #35/27 PD1
夕日CL #38/5 PD2
カーテン #/2 PD3
箱 #/1 PD5
寄電 #38/3 PD3
朝脱1 #/ PD
朝脱2 #/ PD
さしこみ夕陽 #35/26 PD6

断面図

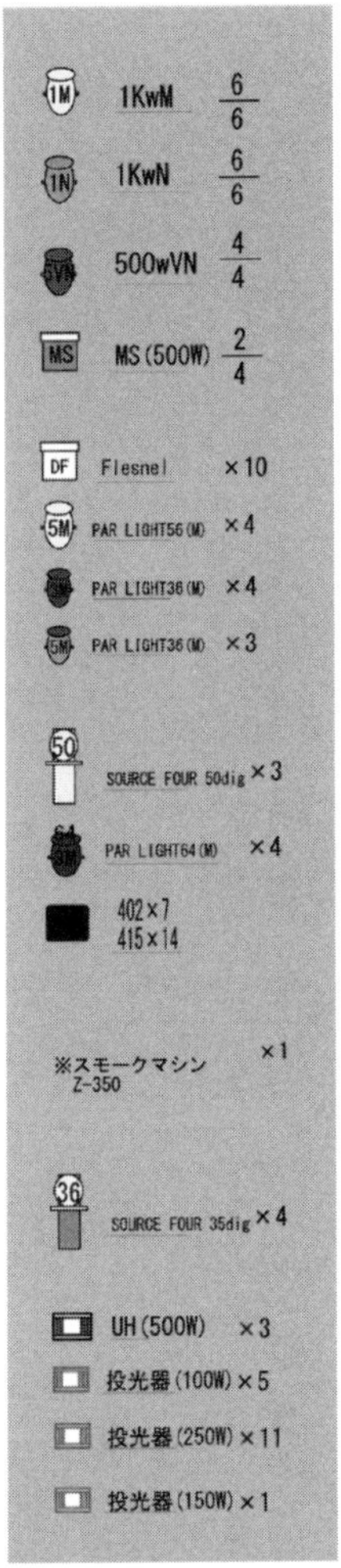

1KwM 6/6
1KwN 6/6
500wVN 4/4
MS(500W) 2/4
Flesnel ×10
PAR LIGHT56(M) ×4
PAR LIGHT36(M) ×4
PAR LIGHT36(M) ×3
SOURCE FOUR 50dig ×3
PAR LIGHT64(M) ×4
402×7
415×14
※スモークマシン
Z-350
×1
SOURCE FOUR 35dig ×4
UH(500W) ×3
投光器(100W)×5
投光器(250W)×11
投光器(150W)×1

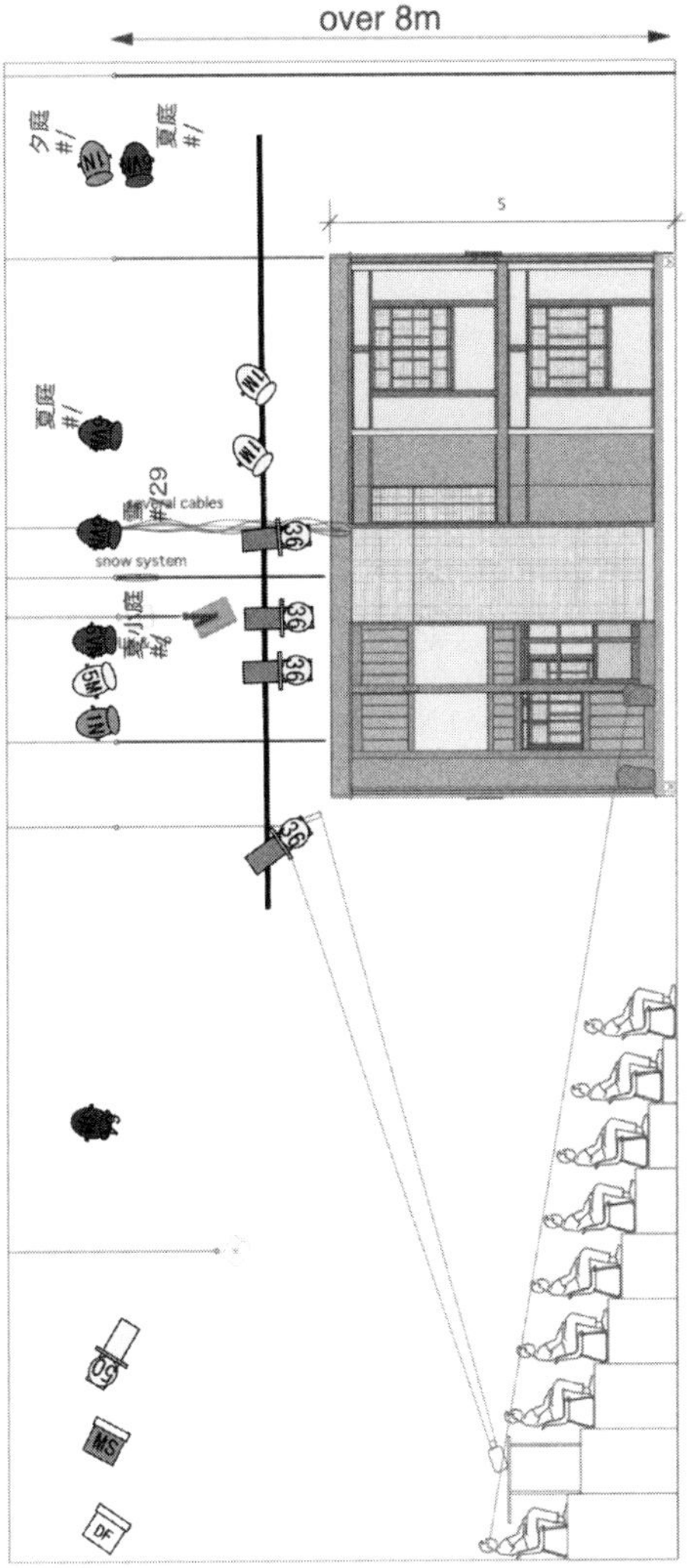

over 8m
5
several cables
snow system

〈上演記録〉

庭劇団ペニノ

「地獄谷温泉　無明ノ宿」

作・演出：タニノクロウ

「庭劇団ペニノ 新作をお得に楽しむ会」
日程：2015年8月20日(木)〜24日(月)

公演日程：2015年8月27日(木)〜30日(日)
会場：森下スタジオ・Cスタジオ

出演
倉田百福　マメ山田
倉田一郎　辻 孝彦(劇団唐組)
松尾　森 準人
滝子　石川佳代
文枝　久保亜津子
いく　日高ボブ美(ロ字ック)
三助　飯田一期
老婆の声　田村律子

スタッフ
構成：玉置潤一郎、山口有紀子、吉野万里雄
美術：稲田美智子
照明：阿部将之
照明操作：阿久津未歩
音響：佐藤こうじ
舞台監督：久保勲生
演出部：河合達也(山の手事情社)
演出助手：松本ゆい
音楽監督・作曲：奥田 祐
胡弓指導：川瀬露秋、長塚梨秋
劇中使用曲：川瀬白秋「鶴の巣ごもり」
人形製作：くぼたま(久保勲生、玉置潤一郎)
宣伝デザイン：奥秋 圭
切り絵：チャンキー松本
舞台写真：杉能信介
記録映像：水内宏之
当日運営：外山りき
制作助手：北澤芙未子
制作：小野塚 央
企画・製作：庭劇団ペニノ
主催：庭劇団ペニノ、合同会社アルシュ
共催：公益財団法人セゾン文化財団
助成：アーツカウンシル東京(公益財団法人東京都歴史文化財団)
芸術文化振興基金

装丁　山下浩介
装画　タニノクロウ

著者略歴
タニノクロウ
一九七六年、富山県生まれ。
昭和大学医学部卒業。
庭劇団ペニノ主宰。劇作家・演出家。

主要作品
『ダークマスター』『笑顔の砦』『苛々する大人の
絵本』『星影のJr.』『誰も知らない貴方の部屋』
『大きなトランクの中の箱』『水の檻』

ウェブサイト
http://niwagekidan.org/

上演許可申請先
〒一五四-〇〇〇一
東京都世田谷区池尻三-五-二四 池尻ハイム2-E
☎〇八〇-四四一四-二八二八

地《じ》獄《ごく》谷《だに》温《おん》泉《せん》 無明《むみょう》ノ《の》宿《やど》

二〇一六年四月二〇日 印刷
二〇一六年五月一〇日 発行

著者© タニノクロウ
発行者 及川直志
印刷所 株式会社 理想社
発行所 株式会社 白水社

東京都千代田区神田小川町三の二四
電話 営業部〇三(三二九一)七八一一
編集部〇三(三二九一)七八二一
振替 〇〇一九〇-五-三三二二八
郵便番号 一〇一-〇〇五二
http://www.hakusuisha.co.jp
乱丁・落丁本は、送料小社負担にて
お取り替えいたします。

株式会社 松岳社

ISBN978-4-560-09406-8

Printed in Japan